THE ESSENTIAL FAULKNER
COLLECTION

献给爱米丽的一朵玫瑰花

福克纳短篇小说集

[美]福克纳◎著　　央金◎译

时代出版传媒股份有限公司
北京时代华文书局

图书在版编目（CIP）数据

献给爱米丽的一朵玫瑰花：福克纳短篇小说集/（美）福克纳著；央金译.—北京：
北京时代华文书局，2016.6

ISBN 978-7-5699-0932-6

Ⅰ.①献… Ⅱ.①福… ②央… Ⅲ.①短篇小说–小说集–美国–现代

Ⅳ.①I712.45

中国版本图书馆 CIP 数据核字（2016）第 101488 号

新业文学经典丛书

献给爱米丽的一朵玫瑰花：福克纳短篇小说集

著　者｜[美]福克纳

译　者｜央　金

出 版 人｜杨红卫

选题策划｜黎　雨

责任编辑｜胡俊生

装帧设计｜张子墨

责任印制｜刘　银

出版发行｜时代出版传媒股份有限公司 http://www. press-mart.com
　　　　　北京时代华文书局 http://www. bjsdsj. com. cn
　　　　　北京市东城区安定门外大街 136 号皇城国际大厦 A 座 8 楼
　　　　　邮　编：100101　　电话：010-64267120　64267397

印　　刷｜三河市腾飞印务有限公司

开　　本｜880mm×1230mm　1/32

印　　张｜9

字　　数｜195 千字

版　　次｜2016 年 6 月第 1 版　　2024 年 1 月第 2 次印刷

书　　号｜ISBN 978-7-5699-0932-6

定　　价｜46.00 元

序

　　毛姆在《书与你》中曾提到："养成阅读的习惯，使人受益无穷。很少有体育运动项目能适合盛年不再的你，让你不断从中获得满足，而游戏往往又需要我们找寻同伴共同完成，阅读则没有诸如此类的不便。书随时随地可以拿起来读，有要紧事必须立即处理时，又能随时放下，以后再接着读。如今的和乐时代，公共图书馆给予我们的娱乐就是阅读，何况普及本价钱又这么便宜，买一本来读没有什么难的。再者，养成阅读的习惯，就等于为自己筑起一个避难所，生命中任何灾难降临的时候，往书本里一钻，不失为一个好办法。"

　　古人也说"开卷有益"。但面对浩如烟海的图书，如何选取有益的读本来启迪心智，这就需要有一定的鉴别能力。

　　对此，叔本华在《论读书》里说：

"……对善于读书的人来说，决不滥读是很重要的。即使是时下享有盛名、大受欢迎的书，如一年内就数版的政治宗教小册子、小说、诗歌等，也切勿贸然拿来就读。要知道，为愚民而写作的人反而常会大受欢迎，不如把宝贵的时间用来专心阅读古今中外出类拔萃的名著，这些书才真正使人开卷有益。

"坏书是灵魂的毒药，读得越少越好，而好书则是多多益善。因为一般人通常只读最新的出版物，而不读各个时代最杰出的作品，所以作家也就拘囿在流行思潮的小范围中，时代也就在自己的泥泞中越陷越深了。"

正如叔本华所言，"不读坏书"，因为人生短促，时间和精力都是有限的。

出版好书，让大家有好书读。基于这样一个目的和愿景，便有了这样一套"国内外大家经典作品丛书"，希望这些"古今中外出类拔萃的名著"，能令大家"开卷有益"。

编　者

目　录

烧马棚

治安官向杂货店借了厅堂查案，店里充满了乳酪的味道。一个孩子手里拿着帽子、蜷缩着身体坐在人头攒动的厅堂最后面，他闻到了乳酪的味道，还有一些其他的味儿。男孩坐在那里，看见一排又一排的货架上摆满了许许多多的罐头，那些罐头看起来都是矮矮的、很牢固、神气十足的样子，他默默地看了看罐头上贴的商标，可却不认识商标纸上的字，他一个字都不认得，他只认识罐头上画着的通红的辣子烤肉和银白色的弯弯的鱼。他不仅闻到了乳酪的味道，好像还闻到了罐头肉的味道，这两种味道常常飘来，却总是稍纵即逝，于是就只留下一种萦绕不散的味道，不仅只有这种味道，还有那样一种感觉，让他觉得有一些恐惧忐忑，但更多的却是悲伤痛心，了无希望。心脏像以往一样，他觉得满腔热血一直向上涌。他无法看到治安官面前的桌案，那桌子前面站着爸爸和爸爸的仇人。（他就在这种了无希望的情绪中默默地想着：他就是我们的仇人，是我们的！不仅是爸爸的，也是我的！他是我的爸爸啊！）男孩即便无法看见他们，却能听见他们讲话，实际上，他只是能听见那两个人的对话，因为他的爸爸始终没有说话。

"哈里斯先生，你能提供什么证据？"

"我早就对你讲过了。他养的猪偷吃了我种的玉米。第一次我捉住了那只猪，但我把它还给了他。可是他的栅栏没办法圈住猪。于是我对他说，让他小心着点。第二次我把他的猪关进了我自己的猪圈里。他找我来领猪时，我送给他很大的一捆铁丝，让他拿回去仔细修理修理他的猪圈。第三次，我只能把那只猪放在我这里，代替他喂养。我去他的家里看了看，我送给他的铁丝居然丝毫未动地卷在一起，被扔在了院中。我就对他说，如果他想领回那只猪，就要付给我一块钱的饲养费。那天傍晚，有一个黑鬼拿着一块钱领走了猪。我以前并没有见过他。他对我说：'他要我告诉你，木头和干草，很容易就会燃烧。'我问他：'你说什么呢？'黑鬼又对我说：'他让告诉你的就是这句话：木头和干草，很容易就会燃烧。'那天晚上，我家的马棚竟然着火了。牲畜虽然被救了，但马棚却被烧光了。"

"那个黑鬼去哪儿了？你找到他了吗？"

"准确地说，我昨晚还是第一次见到他，我不清楚他跑去哪儿了。"

"这种话不能作为证据。这是不可能的，知道吗？"

"去问问那个孩子就知道了。他清楚这件事。"孩子还以为对方叫的人是他哥哥，没想到哈里斯立刻又改口说："不是他。是小一些的那个孩子。"孩子蜷缩在房间最后面，看着前面的人群马上分开，使他和桌子之间出现一条路来，两边的人都摆出铁板的脸，头发花白的治安官戴着眼镜坐在路的尽头，他没有戴硬领，明显一副寒酸的模样，他在对他招手。孩子身材矮小，看起来与他的年纪并不相符，他很像他的父亲，两个人同样矮小又壮实。他穿着一条打着补丁的褪了色的工装裤，可仍然有点小，那棕色的头发蓬松凌乱，发根竖起，一双灰色的眼睛里滚动着怒气，像是狂风骤雨。男孩看到治安官对他招手，忽然觉得双脚悬空，他步伐缓慢地向前走去，两旁的人一同转过头看着他，一张张死板麻木的脸压在他的身上，像是有千斤之重。他的爸爸穿着很得体的黑色外衣（他只是为了搬家而已，并非出庭听审），他腰背笔直地站着，对他毫不理睬。那种死了一样的悲伤感觉又涌上了心头，他心里想着：他肯定是想让我说谎，这次我不能再说谎了。

治安官说："孩子，告诉我你的名字？"

孩子低声回答："上校沙多里斯·斯诺普斯。"

"啊？"治安官说，"大点声说。'上校沙多里斯'？以沙多里斯上校的名字命名的人，应该不会说谎吧？"孩子没有出声，心里一个劲儿地想着：敌人！敌人！他忽然之间看不到任何东西，因而并没有看见治安官的态度实际上很和蔼，更没有听出来治安官问哈里斯问题的口气并不是很好："你让我问这个孩子？"不过他听到了这句话，接下来的时间过得很慢。店堂里挤满了人，可是却没有一点声响，除了那紧张的呼吸声。他感觉自己像是抓着一根葡萄藤，像荡秋千一样荡了起来，就到达了深渊的上空。他荡到了最高点，地心引力好像消失了一样，他就这样悬在了半空中，觉得时间都停了下来。

"够了够了！"哈里斯气得跳脚，气势十足地骂着，"该死的！你快把他打发走吧。"于是孩子终于感觉时间再次流动起来，那乳酪的味道和罐头肉味，那惊恐无措和了无希望的感觉，那始终持续的血气翻滚的痛苦，又都接连不断地到来，人群议论纷纷，其间还有人说话的声音："就这么结案吧。斯诺普斯，我无法为你定罪，我却要送你一个忠告：你最好永远地离开这里。"爸爸终于说话了，他的嗓音平静无波，冷漠无情，"我确实要离开这里了。坦率地讲，我真的不愿意住在这里，总会遇到许多……"他接下来说的话下流无耻，简直侮辱了人的耳朵，不过他却没有针对某个人。

"那好，"治安官说，"在天黑之前，你快点赶着你的大车离开吧。现在我宣布结案。"

爸爸转身离开，孩子则跟着他那件冷硬的黑色外衣向外走。爸爸虽然身材强壮勇猛，走路却不是很灵活，因为他三十年前偷过一匹马，逃跑的时候，脚后跟被南军纠察队开枪打中，中了一颗子弹。孩子的前面忽然多了一个背影，他的哥哥从人群中走了出来，哥哥和爸爸一般高，体型却比他更强壮，整天嚼着烟叶，无休无止。他们从那两排板着脸的人群众走过，离开了这家小店，他们从衰败的前廊中穿行，迈步走过凹下去的台阶，前面有几只小狗和小孩子，他们在那又松又软的五月的土地上玩耍。孩子从他们之间穿过的时候，忽然听到了有人在低声骂他："烧马棚的贼！"

孩子突然转身看去，眼前却又模糊一片；面前像是有一团红雾，里面浮现出一张比满月更大的脸，他比这张脸的主人高了许多，于是，他就朝向这张脸扑了过去，冲进了红雾之中。他的脑袋撞到了什么，却没有人打他，他感觉不到恐惧，又爬起来向那团红雾扑了过去，这回依旧没有人打他，也没有流血，当他再次爬起来的时候，那个孩子早就吓得疯狂逃走了，他急忙去追，可却被爸爸及时拉住，他冰冷麻木地对他说："上车。"

路对面栽种着刺槐和桑树，他们的车就停在了那里。两个膀大腰圆的姐姐穿得好像是要去度假一样，妈妈和姨妈则戴着遮阳帽，穿着花布衣，她们都在车上，坐在一堆家具和杂物之中。孩子想起来，他们曾经换过十几次居住的地方，到最后就剩下车里的这些东西，少得可怜——旧的炉子，残破的床和椅子，镶着贝壳的时钟，这个时钟不知从何时起，就停在两点十四分，不再移动，据说还是妈妈以前的嫁妆。妈妈此刻正在流眼泪，看到男孩以后，连忙擦干了眼泪，准备爬下车。爸爸却呵斥道：

"回去!"

"他受伤了。我去找些水来，给他清洗一下……"

爸爸态度强硬："上车！"孩子从后挡板爬过，到了车上。爸爸坐在哥哥身旁——赶车的位置上，他抄起一根柳条，狠狠地抽着瘦骡子，可是他并没有生气，他也没有要折磨骡子的意思。他一只手勒住骡子，一只手挥动着鞭子，就像他的子孙今后开车前一定要让引擎先使劲空转一阵似的。大车向前驶去，杂货店和那群板着面脸围观的人渐渐远去，直到前面道路转弯，他就什么都看不到了。孩子默默地想着：以后再也看不到这些了。他应该不会再有不满了吧，他早已经……孩子立刻止住了思绪，他甚至不敢对自己说这些话。妈妈按住了他的肩膀，问：

"伤口很疼吗？"

"没有，"他说，"一点也不疼。别管我。"

"血已经凝结了，你为什么不早些擦干净呢？"

"今天晚上我会仔细洗干净的。"他说，"你不用管了，别担心。"

大车一直向前驶去。没有人知道他们会去什么地方，也从来没人问，每次行驶几天，他们到达一个地方，看到各种各样的房子。爸爸可能已经提前做出了决定，他想换个新地方种庄稼，所以才……孩子又停下了思考。爸爸一直以来都是这样。他做事向来果敢有主意，多少还有点魄力，只要事情有成功的可能，他就会放手一搏。人们很容易被他的这股劲儿感染，像是能瞧见他心底潜藏的这种凶猛强悍一样，只是并不使人信赖。他给人的感觉是，他做的一切绝对正确，但凡有人与他一起，一定能从中赚取到利益。

　　这天晚上，他们在一片栎树和山毛榉中露营，附近流淌着一湾清泉。他们从附近的栅栏上偷下一根栅栏，劈成几段制成火堆抵御夜晚的寒气——火堆又小又整齐，看起来有些吝啬，有些精明；爸爸向来不烧太大的火堆，就算天气再冷也是一样。长大了后，孩子才有些想不通：为什么火堆堆得这样小？爸爸以前见识了打仗时的破坏和浪费，骨子里又喜欢挥霍别人的钱财装饰门面，眼前明明有柴火，可他却吝啬不用。孩子还想到了一件事：这四年间，爸爸总是把他夺来的马藏进林子里，看到什么人都躲起来，当时他就是靠那小火堆挨过了漫长的夜晚。后来长大了，孩子渐渐明白了真正的理由：爸爸认为他的力量来源是火，正像有人喜爱刀枪火药一样，爸爸觉得他需要依靠火的力量生存，否则就是虚度光阴，所以他才对火如此尊重，用火的时候也更加谨慎。

　　只是孩子此时并不了解这些，他只知道从小到大面对的就是这样小家子气的一堆火。爸爸来叫他的时候，他正捧着一个铁盘子迷迷糊糊地吃晚饭。他跟着那硬邦邦的颠簸脚步和挺直的背影，走上了山坡，那里缀满星光。他转头看着爸爸，见他背对着天空，无法看清他的模样——只有一个一抹黑的影子，他穿的大礼服像铁甲一般，整个人像用白铁皮裁剪出来的一样，死板麻木，声音也同样刺耳，毫无温度和热情："你在公堂上差一点就对他说出了真相。"孩子没回答。爸爸重重地打了他的脑袋一下，可是看上去却没有生气，就像他狠狠地抽了那两只牲口的时候一样，也像他用棍子抽打骡子只是为了打死一只马蝇一样。爸爸的态度既不激动，也没有发火，接着对他说："你已经长大了。你要学会保护自己，否则你会落得尸骨无存。早上，公堂上的那些人有几个会保护你？他们恨不得找各种机会对付我，可他们清楚无法斗过我。明白吗？"二十年以后，孩子重新思考了这件事："我当时如果说他们只是想得知真相，那肯定又会被他打。"幸好他没有说话没有哭。他一声不响地站着。爸爸问他："我在问你，明白吗？"

"明白。"他小声说。爸爸这才转了过去。

"去睡觉吧。我们明天就会到了。"

第二天中午，大车在一座没有刷过漆的房屋前面停了下来，孩子已经十岁了，这次像十年以来的任何一次一样，他们再次来到这样的房屋前面。妈妈和姨妈先下了车，从车上搬下东西，爸爸哥哥和两个姐姐纹丝不动。"这种房间连头猪都不会住。"一个姐姐说。

"怎么没办法住？等你住习惯了，你肯定会喜欢得不想走了。"爸爸说，"赶快起来去帮你妈搬东西。"

两个姐姐很胖，笨拙得像牛，从车上下来的时候，她们身上那便宜的丝带都飘了起来；一个姐姐在车里拿出一盏坏了的提灯，另一个姐姐则掏出一把又破又旧的扫帚。爸爸把缰绳递到哥哥手里，动作笨拙地下了车。"他们卸完车以后，你去马棚里喂骡子。"说完他喊道，"跟我来。"

孩子还以为他在对哥哥说话，没想到是自己，

"是在叫我吗？"

"是，是你！"爸爸说。

"阿伯纳！"妈妈对爸爸喊道。爸爸停了下来，回头看去——他的眉毛花白却又烈性，眼神严厉。

"我应该去和他打声招呼，毕竟这八个月他就是我的主子了。"

他们转身继续向前走去。如果这件事发生在一周之前——准确地说，如果是昨晚——孩子肯定会问他们要去什么地方，不过他却不问了。爸爸以前也打过他，只不过那时并不会对他讲道理的；他到现在还记得那个巴掌，以及爸爸打了他之后对他说的话，冷静又蛮横，他给他的感觉是他少不经事。可是，以他的年龄和资历并不能在这世间立足，如果想要反抗，想要扭转不如意的事，就更加困难了。

很快，他就来到了一片树林中，那里栎杉错杂，高高矮矮的树上开着花。他看不到那座宅子，却听说它就坐落在这里。他们穿过一道篱笆，只见上面爬满了忍冬和野蔷薇。一扇敞开的大门前，两根门柱用砖砌成，立在两旁，大门后是一条车道，一座宅子坐落在尽头。他看到这座宅子的时候，一瞬间就忘记了所有：忘掉了爸爸，忘掉了心头萦绕的恐慌和畏惧，忘掉了一切。以至于后来想起了爸爸，他也没有再感到恐惧和绝望。因为他们之前住过的地方都是又小又贫苦的宅子，农庄和田地的规模也不大，他从未见过面前这种宅子，他甚至想着，这地方真大，简直像个官府。他无法说清楚这种感觉，他年纪还小，语言组织能力不强，可他却觉得很高兴，有一种安定的感觉。实际上主要的原因却是：爸爸再也无法干涉他们了。在这种安静高贵环境中生存的人，他根本不敢再去招惹；对这些人而言，他就像一只嗡嗡叫的黄

蜂，最多只能蜇人而已。这地方就像有魔力一般，安静又体
面，哪怕他再费尽心机地放火，这里的牛马棚也会毫发无损。
……他再次看向那挺直的黑色背影，那颠跛却坚定的脚步，
那种愉悦又安定的感觉竟然又一瞬间消散了。爸爸的身影一
如既往地高大挺直，丝毫没有被眼前的宅院震慑到。他站在
这片宁静的背景之中，站在耸立的圆柱下，那种镇定自若的
气度反而越发凸显。就像从白铁皮上剪裁下来的一样，冷冰
冰的薄薄的一片，即便他斜站在太阳下面也不会有影子。孩
子淡漠地望着他，只见爸爸径直走向一个地方，脚步没有一
丝一毫的偏离。

　　前面的路上有一堆马粪，爸爸本可以挪动脚步躲过去，
可他却用那只颠跛的脚正正好好踩到上面。他先前产生的那
种踏实欣慰的感觉很快消失不见。他边走边欣赏着这座宅院，
想着如果能拥有这样的房子就好了，可如果得不到，他也不
会太难过，至少不能像走在前面的父亲一样——实际上，那
穿着铁皮般黑色外套的爸爸早已经嫉妒得要死，真想将这宅
院据为己有。孩子无法描述此时的心情，他猜测着爸爸或许
也会和他想的一样，都能察觉到这宅院的那股魔力。也许他
之前做的事只是不由自主的，可以后也许就能转变了。

　　他们从门廊中穿行而过，爸爸那颠跛的脚一声声敲着地
板，像死板的时钟一样，与他身体移动的频率并不相符。即

便面对着雪白的门，爸爸的身影也依旧挺直高大，他的心里似乎憋着一股怒火，让他不得不站直挺直，不能再矮一丝一毫——他头上那宽边的黑帽子有些瘪了，身上那黑色的外衣像冬天的苍蝇一样，也磨出了绿油油的光亮，袖管因为手臂抬起而变得更大，就像动物的蜷曲的脚爪。房门很快被打开，一个穿着亚麻布夹克，头发花白却梳得很整齐的黑老头堵住了门口，很显然，他一直在房子里观察他们，所以这样说着："白人，进门之前先擦干净你的脚。少校不在家。"

"滚远点，黑鬼。"爸爸语气平常，并不恼火，将那黑人向门里面推了一把，也不摘掉帽子，就那样无所畏惧地走了进去。他不慌不忙地向里面走着，孩子分明瞧见那只颠跛的脚踏在门框上，地毯上，他踩过的地方都留下了一个个脚印，像是他一脚踩下去，那重量有他两倍的体重一样。黑人站在他们背后，大声喊叫："萝拉小姐！萝拉小姐！"铺着高贵整洁地毯的回梯、闪亮夺目的枝形吊灯、泛着轻柔光芒的描金画框，这一切都让孩子觉得自己落入了一种温暖之中。黑人的喊声未落，一位小姐急忙跑了出来，她穿着一件光滑柔亮的灰色长袍，领口处缝着花边，她腰间系着一条围裙，可能之前在做面食，所以这会儿卷着衣袖，边向前走边用毛巾擦着手上粘的面粉。这样贵妇人一般打扮的人，孩子之前从未见过。贵妇人首先留意到那浅色地毯上的肮脏脚印，惊讶得瞪大了眼睛。

"我没有拦住他。"黑人着急地解释,"我让他……"

"你先出去可不可以?"贵妇人的声音有些颤抖。"德斯班少校没在家。请你离开可不可以?"

爸爸看也没看那个贵妇人,也没有开口说话。他挺直身体站在地毯的正中,两条花白的眉毛轻轻一动,这才稍微谨慎了一些,仔细环顾着这个房间。他依旧戴着那顶帽子,慢慢地转过身,用那条好腿支撑,颠跛的脚在地毯上画了个圆弧,就这样将污渍留在了上面。爸爸一直仰着头,丝毫不理会自己留下的脚印,沿着黑人打开的房门走了出去,他刚跨过门槛,大门就紧紧地合上,里面还有女人隐隐约约的叫喊声,听起来十分生气。爸爸停在了台阶前面,在台阶边擦净了鞋子。走着走着,他停了下来,在大门口前面驻足,由于腿脚不灵活,他站立的姿势稍显僵硬。爸爸转头看着这所宅院,自言自语:"是不是又干净又漂亮?那是用黑鬼的汗水铸就的,也许他还想再浇上点白人的汗水才会满足。"

两小时之后,孩子在房间后面劈柴,妈妈、姨妈和姐姐们在房间里做饭。不过他知道,这活儿肯定只有妈妈和姨妈做,那两个姐姐怎么会帮忙呢?他甚至能听见她们两人的聒噪声，即便隔着一堵墙，他还是能感觉到那种懒惰到无法挽回的气味。一串马蹄声响了起来，孩子看到了一个穿着衬衣的人骑着马来了，那匹栗色母马看起来很不错，他忽然就猜到了答案。接着，一匹红棕色的肥壮大马随后赶来，一卷地毯摆在骑马年轻黑人腿前。他瞧着前面那人满脸通红，怒火中烧，策马疾驰地在房子前面消失。爸爸和哥哥此时正躺在椅子里休息，没过多久，马蹄声再次响起，那匹栗色母马又离开了院子，再次飞奔着离开。随后，爸爸叫一个姐姐出来，只见她拉着地毯的一端，将地毯从厨房里面拖了出来。另一个姐姐则站在她后面：

"既然你不想抬，就去拿洗衣锅。"

"嗨，沙尔蒂！"后面那个姐姐就立刻喊了起来："去架起洗衣锅。"爸爸听到声音立刻赶来，他站在破落的房子前，身后的景象并不像先前那样高优雅，可他并不在意。妈妈焦急地跟在他的身后。

"赶快把它抬起来。"爸爸说。两个姐姐无精打采地弯着腰，看起来很不情愿。她们的身形就像一块硕大的白布，上面飘着一条条浮华繁杂的丝带。

两个姐姐抬起了地毯，前面那个姐姐说，"这块地毯好不容易从法国运来的，可是个宝贝，绝对不能让人随便踩到。"

妈妈说："阿伯纳，我来做吧。"

"你还是去做饭吧。"爸爸说，"我看着就好。"

整个下午，孩子边劈着木柴，边望着他们忙活。只见地毯被平摊开，放在满是尘土的地上，一旁的洗衣锅里有泡沫在翻滚。两个姐姐懒散地趴在地毯上，一副不情不愿的样子。爸爸则是盯着她们俩，依旧板着脸，面无表情。锅里翻滚着难闻的土碱液味道，妈妈中途来了一次，向里面看了看，脸上的表情由焦虑转为绝望。他抡着斧头的时候看到爸爸捡起一块碎石片认真瞧了瞧，又走回锅边。妈妈说："阿伯纳，阿伯纳，请你不要这样，求你了，阿伯纳。"

暮色四合，夜鹰啼鸣，孩子的工作做完了。房间里有咖啡的香味飘出，以往，他们总会在这时吃些残羹冷炙作为午饭，可今天他们居然在喝咖啡。炉子里面燃着火，前面摆放着两把椅子，地毯被摊开架在椅子背上。地毯上原本有污渍的位置已经被水浸过，留下了痕迹，倒是看不见爸爸的脚印了，只是像被割草机横七竖八地割过一样。

地毯始终搭在那里，无论他们吃饭还是睡觉。两个房间

里，床铺摆放得没有任何秩序，乱七八糟地摆在那里，谁睡
在上面也没有准儿。这张床上睡的人是妈妈，爸爸一会儿也
会过来睡，只是他还没去睡。那张床上睡着哥哥、姨妈、两
个姐姐和他则睡在地上。爸爸正躬膝伏在地毯上，依旧戴着
那个帽子，穿着那件外衣。在他半梦半醒的时候，爸爸的身
影到了他身旁，用那只颠跛的脚踢了踢他，说，"去把骡子
牵来。"

孩子牵骡子回来的时候，爸爸站在黑漆漆的门洞里，正
将卷起的地毯扛上肩头，孩子问他："你不骑吗?"

"不骑。把脚抬起来。"爸爸托起孩子的膝盖，用力将他
抬了起来，将他放在了没有鞍子的骡子背上。接下来，爸爸
用一样的方法将地毯扔到了上面，放到孩子的腿边。满天星
光，他们穿过满地的忍冬和尘土，沿着那条车道按照原路返
回，走进了那座黑漆漆的宅院门前。

那粗糙的地毯从大腿上擦过，孩子忙问，"用得上我帮忙
吗?"爸爸没有回答。孩子又听见了那种熟悉的脚步声，一声
声响彻在门廊中:不急不缓、生硬古板，力道大得惊人。即
便隔着黑夜，孩子也能看到，爸爸将地毯推了下去，砸到墙
角上又反弹到了地板上，那声音好像打了声响雷，大得难以
想象。随后又传来他的脚步声，不慌不忙，却又声音极大。

孩子紧张不安地坐在骡子上，看到宅子里亮起了灯，他的呼吸稍稍加快，却发现脚步声依旧如先前一样，听声音，他已经走下了台阶。很快，爸爸就来到了他面前。

他低声问："你也上来吧？我们两个都可以骑了。"与此同时，宅子里的灯光亮了一下，随后又暗了。他知道那人已经下楼了。他骑着骡子走到踏脚台边，爸爸很快就坐了上来，坐在了他的背后，他拿着缰绳对着骡子脖颈上抽去，谁知爸爸伸出那又瘦又结实的胳膊，及时拉住了缰绳，顿时让骡子放缓了行走的速度。

那匹栗色母马载着那个人来的时候，天刚蒙蒙亮，他们正在给骡子套上犁。孩子没听见任何声响，就见那个衣帽不整的人气得全身颤动，声音颤抖，就像昨天在宅院里见到的女人一样；爸爸只抬眼看看他，就继续低下头去干活，骑马的人就对着他的后背说道："你最好搞清楚，地毯是被你弄坏的。这里就没有一个女人吗？"他忽然停了下来，仍然气得全身发颤。哥哥嚼着烟叶、眨着眼睛从马棚里向外看着，他的样子并不像在吃惊。骑马的人又说："这张地毯的价值是一百元，不过看你的样子也不像有过一百块钱的。我要在文契里补一条：收成了之后，你需要赔七百公升玉米给我们。改天你去粮库签字，即便德·斯班太太无法消气，我也要让你长点教训，以后把脚擦干净了再去她的宅院。"

骑马的人转身就走。爸爸一声不吭，甚至没有抬头看一看，只是低着头弄销子，将轭棒套得结结实实。

孩子喊了他一声"爹！"爸爸看向他——他的神色依旧神秘淡漠，浓眉灰眼，闪动着冷漠的光芒。孩子大步流星地走向爸爸，中途却又停住了。他喊着："你已经很尽心地洗了！他既然不喜欢，之前怎么不告诉你怎么洗？不要赔给他这七百公升玉米！什么都不给他！等庄稼成熟了以后，我就守着它们，把他们都藏起来！"

"你把割草刀和那些理好的东西放在一起吗？"

"没有。"他说。

"赶快去放好。"

从这天之后，孩子一直不停地干活。没人逼他，也没人催他，且不管干得了干不了，他就一直这样勤奋地干活。他是从妈妈那里学的，只是他们有些差异：他做的事都是他喜欢的，例如妈妈和姨妈当做圣诞礼物送给他一把小斧子，他喜欢用它劈木头。爸爸和地主签的文契上表示可以养猪养牛，这天，孩子就趁着爸爸不在，和妈妈姨妈一同搭好了猪圈和牛栏。

哥哥握着双壁犁的手柄，他牵着骡子的缰绳走在旁边，又湿又凉的黑色泥土掉落在他的光脚背上，他想着：也许这个问题可以永远消失了。虽说他们因为这张地毯赔几百公升玉米有些不舒服，可如果他今后能改邪归正，赔这些钱也值得了。他想得入神了，直到哥哥喊他小心骡子，他才听见。接着，他又想到：万一到最后赔了个精光呢，那就彻底完蛋了。倒不如一把火将这一切都烧干净，管它玉米还是地毯！这种恐惧与痛苦的感觉让他痛不欲生，觉得人生都没有希望了一样！

周六这天，他给骡子套犁的时候，看到爸爸又戴上了那顶帽子，穿上了黑色外套，对他说："别套犁了，去套车！"两小时之后，车在路上拐弯，到了一个杂货店前面。他坐在车厢里，看到那斑驳的墙上贴满了破烂的小广告，有香烟的，也有成药的。马车和马匹拴在廊下。爸爸和哥哥登上坑坑洼洼的台阶走在前面，一声不响的面孔分成两排，他们三人从中间的过道走了过去。一个戴眼镜的人坐在木桌后面，显而易见，他是治安官；桌子前站着一个人，他戴着硬领，打着领带，脸上一副不可置信的神情，不过却并没有发怒。这个人他认得，他先后两次骑着快马去过他的家。孩子无法理解男人此刻的心情，他对被佃户状告自己这件事表示吃惊与意外。孩子又得意又凶狠地瞪了男人一眼，和爸爸并肩站在一起，对治安官大声说道，"不是他烧的！他没烧！"

爸爸对他说："快回去，到车上去。"

"烧?"治安官问："你的意思是你们烧了这条地毯?"

"谁烧了地毯?"爸爸对他又说："赶快回车上。"孩子并没有回到车上，他走到房间的最后，和许多人挤在一起。这个小店连坐的位置都没有，和之前那个店一样拥挤。这时，厅堂上的人开始对话：

"你觉得用七百公升玉米作为赔偿很不公平吗?"

"他让我洗干净地毯上的脚印，我洗了，有给他送回去了。"

"问题是这条地毯已经不是之前的样子了。"

爸爸一声不吭，整个厅堂里除了人群中那细微又悠长的呼吸声，安静得几乎没有任何声音，就这样大概过了半分钟左右。

"斯诺普斯先生？你不想回答了吗?"爸爸依旧不发一言。"斯诺普斯先生，我只能宣判了。我宣布，你需要赔偿德·斯班少校的地毯。然而，以你现在的条件让你赔偿七百公升玉米确实有些严苛。德·斯班少校的这条地毯是以前买的，那时花了一百块钱，现在他就自己承担九十五块钱吧。我算算，十月份的玉米大概能卖到五毛钱，你只要赔偿五块钱就好了。我决定，等玉米收获了以后，你要从收成中拿出十蒲式耳玉米赔偿给德·斯班少校。退堂！"

现在还是清晨，这堂官司并没有持续太久。孩子觉得时间晚了，认为他们应该回去犁地了，其他庄稼人应该早就去耕地了。爸爸对哥哥做了个让他跟着自己的手势之后，就从大车后面走过，直奔马路对面的铁匠铺。孩子紧追着爸爸，见他戴着的那顶貌似已经褪了色的帽子，可是脸上依旧镇定又严厉，他叽叽喳喳地对他说："一分钱都不要给他，我们……"爸爸没什么表情，低下头看了看他，眉毛依旧花白蓬乱，遮住了他冷静的眼睛，他说话的语气温柔又温和：

"你确定？那好，等到了十月再说吧。"

修车并不会浪费多少时间，他们只需要校正几根辐条，紧紧轮箍。轮箍紧好之后，他就赶着车到了铁匠铺后面，那里有一条水涧。骡子经常把鼻子探进水里，孩子们则坐在车前座上，拿着缰绳看向坐落在斜坡顶上黑烟囱一样的打铁棚。那里发出不紧不慢的敲打声响，只有爸爸悠闲自在地坐在一个立起来的柏树墩子上和人说话。爸爸始终坐在那里，直到孩子从水涧里拉出湿漉漉的车，停在了铁匠铺前面。

爸爸让他把骡子牵到一边拴好，孩子回来以后发现，爸爸和铁匠，以及蹲在门里面的人聊得正欢，他们聊庄稼，聊牲口；孩子则蹲在这堆臭烘烘的灰尘、蹄皮和锈屑之间，听爸爸慢条斯理地讲着以前当职业马贩子的那段历史，那时还没有他的哥哥。孩子随后来到杂货店那面，看着墙上贴着一张破破烂烂的海报，那是关于去年马戏团的。他盯着那些枣红大马、那些扮鬼脸抛媚眼的红鼻子白脸丑角，以及穿着纱衣和紧身衣的女郎发呆。就在他愣神的时候，爸爸突然走到他身旁，说道，"吃饭了。"

这天他们并不是在家吃的饭。他和哥哥蹲在临街的墙边，两人挨着。爸爸走出杂货铺，从纸袋子里拿出几把饼干和一块干乳酪，又用刀将乳酪仔仔细细地切成三份。他们三个人就那样在墙边蹲着，默不作声地慢慢吃着。吃完之后，他们在店里借了只长柄锡勺，喝了些温水，水里有一点杉木桶和山毛榉树味道的。他们喝过水之后并没有回家，而是来到了养马场。人们坐在高大的栅栏上，或是站在外面，看着从栅栏里牵出来的那些骏马。他们先在路上溜达着，又跑了跑，接着才来来回回地奔跑着。直到太阳落山，他们始终不紧不慢地谈论着与马相关的交易。哥哥双眼迷离地嚼着烟草叶，爸爸偶尔会评价评价牲口，却并没有对谁说话，他们三个人多数都是看着听着的。

他们到家的时候，太阳已经落山了。吃罢晚饭，孩子坐到了门前的台阶上，听着夜鹰和青蛙的鸣叫，看着夜色笼罩了整个世界。这时，他突然听到妈妈喊着："阿伯纳！不能这样做！不能！哎呀，天啊！天啊！阿伯纳呀！"他连忙转头向里面看去，能看见房间里换了灯光，一个点燃的蜡烛头被插在瓶子的颈口里。爸爸依旧戴着那顶帽子穿着那件外套，看起来有些正式，又很可笑，就像要穿戴整齐，文质彬彬地去做什么伤天害理的事一样。他拿着五加仑的油桶，又将灯里的油都倒了进去，他被妈妈使劲拉住了胳膊，只能一手拿着油灯，另一手猛地一甩，虽然并不凶狠粗暴，却让妈妈摔到了墙上。妈妈险些摔倒，张大了嘴巴趴在墙上，脸上写满了绝望、无奈的神色，她这表情与刚刚的语气一样，仿佛被逼到了绝境。爸爸恰好看到了门口站着的孩子，对他说道：

"去把大车加油用的那罐油拿来，在马棚里。"爸爸说。孩子一动未动，过了很久才嚷嚷着问道："你……你要做什么……？"

"让你去拿那罐油。"爸爸说，"去！"

孩子最后才移动了身体，走出门外撒腿跑了起来，直奔马棚跑去。那熟悉的脾气和血液再次袭来，他已经无法自己主宰。不管他愿意与否，他肯定继承了那种血液，而且这血液已经传了世世代代，传到他这里的时候已经很久了。那种血液是经历了多少仇恨、残忍、期盼而成的啊？是从哪里来的呢？没有人知道吧。孩子想着：如果能让我一直跑下去就好了，我恨不得一直这样跑下去，跑啊跑啊，永不回头，再也看不到他的脸，再也不出现在他面前。可是没办法！没办法啊！他拿着油罐跑回了家，罐子有些生锈了，里面的油随着他的奔跑发出嘶嘶的响声；刚跑进屋子里，他就听到了妈妈在里面哭着。他把油罐递给爸爸，大声问道：

"你前一次还派去个黑鬼呢，这次你什么都不做吗？"

爸爸这次倒是没打他，可他刚把油罐轻轻地放在桌子上，就突然抓住了他的后背衣襟，将他直接抓了起来，双脚都离了地。这次他的速度很快，比之前打他的那巴掌还要快，他还没有看清楚就被抓了起来，像闪电一样。爸爸低着头，脸色凶狠寒冷，气势迫人，他的声音冷漠阴狠，对他的哥哥说道：

"你先去把这些油倒进油桶里，我很快就到。"

哥哥依旧嚼着烟叶，像只古怪的牛一样，他说："还是把他绑在床架上吧。"

"让你做什么你就做什么。"爸爸刚说完，孩子就开始在他手中挣扎。他觉得那只手瘦弱却又有力，正抓着他两块肩胛骨向里间走去，他的脚根本无法沾地，从他粗壮的腿上擦过，就这样到了里间。两个姐姐坐在没有点燃的炉子前，他被提着从她们面前经过，一直到了妈妈和姨妈身边。姨妈和妈妈并肩坐在床上，姨妈此时搂住了妈妈的肩膀。

"抓紧他。"爸爸大声喊道，姨妈吓得险些松手，爸爸忙又说道："没喊你，伦妮，你抓住他，一定要抓住他。"妈妈握住了孩子的手腕，却听爸爸又说，"不行，你一定要牢牢地抓住他。你知道他要去哪儿吗？如果放开他，他肯定会去那个宅子！"爸爸说完仰着下巴向大路那面点了点，"我看应该把他绑起来更好一些。"

"我会紧紧抓住他的。"妈妈小声说着。

"那好吧，交给你好了。"爸爸说完之后，那颠跛的脚就这样重重地踩着地面，不急不缓地走了出去，走了一会儿才离开房间。

孩子这才开始挣扎，妈妈用力地抱住了他，可他却使劲撞妈妈的两条胳膊，不停地扭动。他确信妈妈最后会拿他没办法，可现在时间紧迫，他只能大声嚷嚷道，"你快放开我！否则我可要弄伤你了，我可不负责！"

"快放开他。"姨妈说，"说实在的，他就算不去我都想去了。"

"我不能放开他啊，"妈妈边哭边叫："沙尔蒂！沙尔蒂！不要这样！不要这样！快来帮个忙呀！莉齐！"

他忽然从妈妈的束缚中挣脱出来。姨妈想要抓他，却没抓到他。他转身向外跑去，妈妈连忙追赶他，脚步踉跄，到最后膝盖一弯，他突然扑倒了，恰好倒在孩子的脚跟后面。她对附近的一个姐姐叫道："耐特！快抓住他！抓住他！"然而，时间已经不允许了，那个姐姐还坐在椅子里转头看着他，显然没有站起身的打算，孩子已经像离了弦的箭一样飞了出去，他发现自己只看到了姐姐那毫不惊讶的硕大的脸盘儿，像个年轻的妇人一样，看得出来，她对这件事一点也不感兴趣。两个姐姐是双胞胎，因为肥胖平时很占地方，可她们现在竟然像空气一样，根本没有存在感。孩子顺顺利利地从里间冲了出去，跑出了屋门，向那条栽满了忍冬的路上跑去。满天星光洒在了路上，柔软的尘土覆盖在上面。他恨不得肋下生翅，心急如焚地跑着，最后终于来到了那所宅院的大门口。

他沿着那条亮着灯的宅院奔跑去，并没有敲门，直接冲了进去。他大口大口地喘息着，根本说不出话来，不知何时，那个穿亚麻布夹克的黑人来到他面前，一脸吃惊。

"德·斯班！"他边喘息着边说道："我找……"话音未落，那个白人从穿堂另一面的白门走出来。他立刻大声叫道：

"马棚！马棚！"

"什么？"那白人问，"马棚？"

"对！"孩子对他又叫着："马棚！"

那白人大喊了一声，"抓住他！"

不过他并没有抓到他。那黑人只是抓到了他的衬衫，却因为衬衫袖子洗了太多次，早已经不结实了，用力一扯就被扯掉。他从那扇门逃走，重新回到了车道上，实际上，即便他对那白人吵嚷的时候，他也没有停下一分一秒。

"备马！赶快备马！"那个白人在他身后喊道。他本来想从花园中穿过去，再翻过篱笆跳到大路上，可惜他不认得花园里面的路，也不知道那些爬满了藤蔓的篱笆是不是很高，他不想尝试，也不敢冒险。他只能按照原路返回，沿着车道向前跑去，气息上涌，血液似乎沸腾了一样。很快他就重新回到了大路上，可是他并不能看到路，更听不见任何声响。他就这样一直跑着，就算那匹母马从他身边飞快地跑过，险些踩到他，他这才听到。他始终这样跑着，好像在这种紧张的时刻，他只要坚持到最后就可以摆脱那些苦难，远远地逃离这里一样。直到最后的时刻，他忽然跳到了路旁的排水沟里，那里长了许许多多的野草。这时，那匹马才从他身旁疾驰而过，一个气急败坏的身影转瞬即逝，只剩下这初夏的夜空，满天的星辰，以及恬淡静谧的夜晚。

然而，那一人一马的影子还没有消失干净，夜空中就像被人凶狠地泼了墨一样，很快地扩散了起来——一团团浓烟冲天而起，震动心弦的同时又沉默无声，天上的星星都因为这团浓烟被遮挡覆盖。孩子明知道时间紧迫，可仍然使劲地奔跑着，飞快地向前。直到前方传来两声枪响，他才不由自主地停了下来，叫出了声：

"爹！爹！"他跌跌撞撞地继续跑着，被绊倒了再爬起来，回头看了看那明亮的火光之后继续跑，他在黑暗的树林中连滚带爬地一直奔跑着，边跑边气喘吁吁地抽泣着喊道："爸爸呀！爸爸呀！"

已经到了午夜，孩子不知道时间，更不知道自己跑到了什么地方，他坐在了一座小山顶上，身后已经看不到火光了。他的面前是一片黑漆漆的树林，身后是他刚刚住了四天的家，他本想着休息一会儿之后就去树林的。黑暗的夜晚吹着冷冷的风，孩子的衬衫少了个袖子，又薄又脆，他抱着手臂不住地颤抖着，缩成一团。先前那种夹杂着惊慌恐惧的情绪早已经消失不见，他现在只能感觉到悲伤绝望。他在心里念叨着：爸爸呀，我的爸爸呀！他突然叫了起来："他做得太好了！"他的声音很小，几乎像耳语一样，"干得漂亮！不愧是沙多里斯上校的骑马队！到底是打过仗的人！"其实，他哪里知道在那次战斗中，爸爸并非是一名士兵，甚至连一件制服都没有，也不是哪个人的拥护者，更不属于哪支军队、哪个政府，也不臣服于谁的权威与领导之下。爸爸之所以去打仗，无非是因为要去夺取胜利的果实，就像麦尔勃鲁克一样，缴获战利品。他根本不在意那些东西是敌人的还是自己打劫得到的，对他来说都是一样。

物换星移，天色渐亮，太阳很快就要升起来了，他忽然发现有些饿了。不管怎样那都是明天的事，他现在只能感觉到冷，索性多走动走动，这种冷意倒是少了许多。黑夜很快就要过去，天很快就会亮了，他已经睡了一觉，现在准备继续向前走。山下黑漆漆的树林中，夜鹰此起彼伏地叫着，一声又一声，到处可闻。不过，它们很快就要被晨鸟取代了，所以才一声声叫得连续不断。他站了起来，发觉身体有些僵硬，也许走着走着就会转好的，恰如走动走动就能减少那种冷意一般，何况天马上就要亮了，太阳也会出来的。伴随着夜鹰那一声声银铃般的清脆啼叫声，他向山下走着，向那一片黑漆漆的树林走着。他的心跳声急促又紧张，在这暮春之夜显得格外急切。他毫不留恋地向那里走去，并未回头。

献给爱米丽的一朵玫瑰花

一

爱米丽·格里尔生小姐去世了，镇上所有的人都去为她送行：男人们是因为尊敬仰慕，觉得倒下了一个纪念碑。女人却是好奇她居住的屋子，所以才去瞧瞧。因为这座房子已经有十年的时间没人进去过了，除了一个作为花匠和厨师的仆人。

一条很讲究的街道上，这座白色四方形的大木屋就坐落在那里，它的屋顶具有七十年代的浓厚气息：圆形阳顶、尖尖的塔和带着花纹的阳台。这条街上有许多汽车间和轧棉机，它们使这里失去了最初的庄严，唯有爱米丽小姐的房屋依旧伫立在这里，周围满是棉花车和汽油泵。破落的房屋像模像样地立在那里，无法无天的样子简直丑陋到了极点。墓园中到处可见雪松，这睡着的人都是些无名军人，他们参加过南北战争杰弗生战役并阵亡。如今，爱米丽小姐的名字也列入其中，加入了这个庄严的行列。

爱米丽小姐活着的时候，一直保持着传统、义务的形象，人们对她十分关注。一八九四年，沙多里斯上校下达了一条命令：从她父亲去世到她去世为止，她将不再缴纳税款，这将沿袭下来，是全镇人民应尽的义务。这位沙多里斯上校曾要求黑人妇女上街时必须系围裙。爱米丽并不愿意接受这样的施舍，可沙多里斯上校却编造了一系列谎言，声称镇政府曾经接受过爱米丽的父亲的贷款，作为补偿，镇政府决定采取这种方式。这些谎言，大概只有沙多里斯才能想得出来，而相信的人，估计也只有那些妇女了。

不过，这项决定到了第二代镇长和参议员那里，就被质疑了，因为他们更加开明，他们对这件事感到很不满。所以在那年元旦的时候，他们将一张纳税通知单寄给了爱米丽。直到二月，他们也没有收到回信，接着又发给她一封公函，让她到司法长官办公处来。可仍是杳无音信。又过了一周，镇长甚至给爱米丽亲手写了一封信，告诉她会派车去接她，他愿意去她的家里拜访。这回，爱米丽回信了，不过只是一张字条而已。这是一张古色古香的信笺，纸上的字迹虽然细小，颜色也不是很鲜艳，但书写得很流利。爱米丽在信中表示：她已经不再外出了。并且，她对纳税通知单这件事没有任何意见。

参议员们特意为此事开了个会，他们决定派一个代表团去她家里进行访问。这个房间从几年之前就没有人再进出过，那时她已经不再教瓷器彩绘课。他们敲开了门，由一个年纪很大的黑人男仆带领着，穿过阴暗的门厅上了楼，那里的光线更加黯淡。空气潮湿憋闷，很容易嗅到那种搁置已久的味道，显然，这个房间已经空落很久了。客厅中摆放着许多粗笨的家具，上面包着皮质座套，黑人带他们进门之后，又去将百叶窗打开，这时他们才发现，那皮质座套都已经裂开。他们刚坐下，就发觉大腿周围升起了一阵灰尘，那些细微的灰尘在阳光中慢慢回旋，一个画架立在壁炉前面，里面放着用炭笔画的爱米丽父亲的画像，那画架的颜色已不再鲜亮。

他们在看见她进门的时候都站起身来。她身材矮小，体态肥胖，穿着一身黑色衣裳，一根细细的金表链一直落到腰间，最后进入腰带之中。她撑着一支乌木拐杖，原本镶着金的拐杖头光泽不再。也许是因为她身材又矮又小，她穿的衣裳显得又肥又大，其他女人穿着明明会是很丰满的，可她穿着却像一直泡在水中的尸体，被泡得发白发胀。在听到客人开口表明意图之后，她用两只像嵌在一团生面里的小煤球一样的眼睛看看这个，瞧瞧那个，不停地移动着。

她站在门口沉默地听着，也没让他们坐下。负责发言的人磕磕绊绊地讲完了以后，他们才听见了她身上那块挂表发出了滴滴答答的响声。

她的声音冷漠得没有丝毫感情。"沙多里斯上校已经告诉我不必再纳税，你们可以去镇政府查一查档案，这件事已经被记录在册，我在杰弗生镇并不需要纳税。"

"爱米丽小姐，我们就代表着政府当局，也已经查过档案资料，相信你应该已经看见司法长官亲手写给你的通知了吧？"

"我确实看到了这个通知，"爱米丽小姐说，"这个司法长官也许是他自封的，我并不需要缴纳任何税。"

"你应该清楚，纳税册没有写这么详细的，我们要以此为依据……"

"还是那句话,我在杰弗生镇不需要缴纳任何税,你们可以去找沙多里斯上校。"

"可是,爱米丽小姐……"

爱米丽重复着这两句话:"去找沙多里斯上校。"(实际上,沙多里斯上校十年前就已经死了。)"我在杰弗生无税可纳。""托比!"黑人听到传唤立刻赶来。"请他们出去。"

二

三十年前,她的父亲刚过世两年,她的结婚对象也刚刚抛弃了她,她就是因为那气味和他们的父辈斗争,最后获得了胜利;三十年后,她又打败了他们这群人。自从父亲离世之后,她几乎不出门了;自从她的结婚对象抛弃她以后,她也很少出现在众人面前。能证明她还活着的唯一一个证据就是那个黑人男子,他那时还很年轻,经常提着篮子从宅院中出入。后来,即便有几个莽撞的妇女去找她,也都被她拒绝。

妇女们经常这样说:"不管是个怎样的男人,都能把厨房打扫得有条有理。"所以,那种气味越发浓郁,众人也不觉得惊讶诧异了,她们觉得这连接着高贵的格里尔生家和普通人生存的世界。

住在她隔壁的一位将近八十岁的妇人向法官斯蒂芬斯镇长控诉。

他无奈地说，"太太，我没有任何办法，我能怎么办呢?"

这个妇人说，"哼，法律规定了不许有这种难闻的气味，你们可以通知她除掉这股味道!"

"我觉得没必要这样。"法官斯蒂芬斯说，"我去找他说说吧，也许是因为她雇佣的黑人仆人打死了蛇或者老鼠。"

第二天，他又接到一个男人的两次控诉，男人的语气很温和。"法官，我虽然不想打扰爱米丽小姐，可实在忍无可忍了，我们必须要解决这件事。"当天晚上，三个老人和一个年轻人聚集在一起，召开了一次参议员全体会议。

年轻人说："这件事并不困难，我们只要让她定期打扫房间就好，否则……"

法官斯蒂芬斯反驳说："这根本不可行，你怎么能说一位贵妇人宅院里气味难闻呢?"

第二天过了午夜，四个人像小偷一样进入爱米丽小姐的宅院，他们穿过草坪，沿着屋子的墙角绕行，在地窖或者通风的地方各处闻着。一个人肩膀上挎着一个袋子，他从里面摸出一些东西不停地向地上播撒。他们把地窖门打开，在里屋和外屋撒满了石灰，当他们重新返回草坪时，原本黑漆漆的房间里竟然有灯光亮起：爱米丽小姐坐在灯光后面，她脊背挺直地坐着，犹如一座雕像，纹丝不动。他们从草坪中轻手蹑脚地穿行而过，走入路两边栽种的洋槐树树荫里面，过了一两个星期，他们就再也闻不到那种气味了。

从此之后，人们真心地觉得难过，为爱米丽小姐难过。格里尔生全家都自命清高，搞不清楚自己的位置，镇上的人们想起来她的姑奶奶韦亚特老太太最后变成了疯子，觉得她和许多类似的女人一样，无法轻易看上男人。这么长时间，这家人在众人眼中一直像一幅画一样：爱米丽小姐的父亲手里拿着一根马鞭，分开两只脚站在前面，穿着白色衣裳，身材婀娜的爱米丽则站在父亲身后，他们的身影正巧被敞开的前门框了起来。如今她已经快到三十岁了，还没有结婚，不过这并没有让我们觉得多高兴，只是证实了我们先前的猜测。纵然她流淌着家族癫狂的血液，可一旦机会降临，她势必不会拒绝。

父亲去世以后，那座宅院成了她唯一的财产，人们都为此感到欣慰。现如今，他们终于能怜悯爱米丽小姐了。因为一个人独处，且生活拮据，她可以懂人情了，她也能体会到一分钱难倒英雄汉的苦闷心情了。

　　她父亲去世之后的第二天，妇女们都按照习俗去她家进行哀悼和拜访，以此表达她们的心意，并表示她们愿意帮助她。爱米丽小姐穿着平时的衣裳，没有丝毫哀伤愁绪，告知她们她的父亲还活着。一连三天，不管是谁来拜访——教会牧师或者医生——都让她尽快处理尸体，可她总是这样的态度。直到有人说要用法律和武力解决这件事的时候，她才败下阵来，任由他们埋葬了她的父亲。

　　那时我们没有意识到她疯了，我们只当她是无法掌控自己的情绪。她的父亲将她身边所有男青年赶走的画面到现在还历历在目，她这样做就像要抓牢抢走她一切的人一样，因为她现在什么都没有了。

三

　　很长一段时间，她一直处于病中，直到很久以后，她再出现在人们面前时，已经把头发剪短了，看起来像教堂彩色玻璃窗上的天使，神情同样悲哀凄怆。

　　在她父亲去世的那一年，镇上要铺设人行道，镇政府已经拟好了合同，准备夏天开工。建筑公司派来一批黑人，牲

口和机器，工头叫荷默·伯隆，是个北方人，他有着高高的
个子，黝黑的肌肤，一看就是强壮聪明的。他的声音很响亮，
脸上的颜色比眼睛还要深。黑人边哼着劳动号子，边挥舞着
铁镐，根本不理会一群孩子用难听的话骂他。过了没多久，
他与全镇的人都熟悉起来。只要荷默·伯隆站在那里，他周
围肯定会有哈哈大笑的声音。一段时间以后，每逢周日下午，
他准会和爱米丽小姐并驾齐驱，坐着那辆栗色辕马拉着的黄
轮车一同出行。

最开始，我们对爱米丽小姐找到了精神寄托这一点表示
很欣慰高兴，许多妇女们都这样认为："格里尔生家的人怎么
也不会接受一个北方人，何况他只拿着日工资。"当然也有一
些反对的声音，上了年纪的人则认为：一个真正高贵的妇人
不可能失去"贵人举止"，哪怕她处于悲伤之中。她们并没有
直接说什么"贵人举止"，而是说："可怜的爱米丽，她应该
和她的亲人在一起"。她的亲人都住在亚拉巴马，然而许多年
之前，两家因为疯婆子韦亚特老太太的产权问题闹翻了，他
的父亲与那边不再走动，直到他的葬礼那天，那些人也没有
参加。

年纪大的人总是谈论着"可怜的爱米丽"，"这件事是真
的吗，你真的这样想?" "那是肯定的呀，还有其他什么事
呢?……"当然，他们说这些话的时候都用手捂住了嘴，声

音很小很轻；纵然关上了百叶窗，遮住了周末午后的阳光，可当那轻快的马蹄声远去的时候，还是能听到如绸缎窸窣般的耳语——"可怜的爱米丽"。

我们坚信她沉溺在这样的生活中无法自拔的时候，她依旧高高地扬起头，像是在表明她作为格里尔生家族最后的尊严一样——即便融入了世俗之中，可她的尊严依旧需要人肯定，她要证明自己绝对不会受到任何外界影响。一年多以后，她的两个堂姐妹来探望她，她当时在买老鼠药和砒霜。

那时，她已经三十多岁了，可身材比之前还要清瘦，削肩细腰，目光骄傲冷酷，脸上的肉绷得紧紧的，那表情分明是灯塔守望人所具有的。

她对药剂师说："我要买点毒药。"

"爱米丽小姐，您要买哪种毒药？是用来毒老鼠的吗？我建议……"

"不管什么种类，我只要你们店里最管用的毒药。"

药剂师随口向她推荐了几种，"它们的毒性很强，即便是大象也能毒得死。你要的究竟是……"

"砒霜，"爱米丽小姐说，"砒霜有没有?"

"是……砒霜? 好的，小姐。不过你确定是……"

"我要砒霜。"

药剂师看向她，只见她腰杆笔直，脸色紧绷地回看着她，像一面拉紧了的旗子。

"哦哦，当然有。"药剂师说："如果你确定要砒霜，是需要告诉我用途的，这可是法律规定的。"

爱米丽小姐向后仰着头，尽量用两只眼睛平视他。她一直瞪着药剂师，直到他移开了目光，才去包了砒霜给她。药剂师没有再出现，只是让黑人送货员包好了药送了出来。她到家里之后将药盒打开，只见那骷髅骨的下面标着："毒鼠用药。"

四

所以那天之后我们都认为她要自杀了，觉得那是特别好的事。我们都以为她会嫁给荷默·伯隆，从第一次见到他们的时候我们就这样认为。后来又觉得："他会被她说服的"。

因为荷默在麋鹿俱乐部和年轻人喝酒的时候表示，他喜欢男人，他并不想成家。以后每个周日下午，他们都坐着那辆马车招摇过市：爱米丽小姐总是仰起头，荷默则嘴里叼着雪茄烟，握着马鞭，歪戴着帽子。每每此时，我们总是躲在百叶窗后感叹道："可怜的爱米丽。"

随后，妇女们表示这件事令全镇人蒙羞，也会教坏了青少年。男人们不愿意管这事，妇女们却最终让牧师去找她谈谈，因为爱米丽小姐全家都属于圣公会。牧师虽然没有说出他们当天谈了什么，可却声称再也不会去第二次。于是，下个周末他们继续驾着马车在街上闲逛。牧师夫人只好将这件事写信告知了爱米丽住在亚拉巴马的亲人。

我们不清楚她还有亲人，便拭目以待。可是等了一段时间也没有结果，接着，我们就听说他们快要结婚了。爱米丽小姐还去了首饰店，买了一套男人用的洗漱用品，每样东西还刻着"荷·伯"的字样。又过了两天，我们得知她买了全套的男人服装，包括睡衣，所以我们才认为："他们已经结婚了。"我们确实很高兴。不过比起爱米丽小姐，我们觉得两位堂姐妹的风度气质更像格里尔生家族的人。

小镇的街道铺路工作已经结束了很久，所以我们对荷默·伯隆的离开并不惊讶。我们只是觉得没有去送行有些遗憾，这少了许多热闹。当然，我们认为他是回去做准备——迎娶爱米丽小姐。我们甚至秘密地结成同盟，希望能帮助爱米丽小姐赶走那两个堂姐妹。结果，她们两个人一周以后就离开了小镇。

一位邻居看到荷默·伯隆重返城镇，就像我们对他的期待一样。某天傍晚的时候，那个黑人仆人打开厨房门让他走了进去。

从这以后，我们再也没见过荷默·伯隆，也有很长的时间没见到爱米丽小姐。宅院的前门一直没有打开，只有黑人仆人提着篮子进出。我们虽然能偶尔看到窗口处她一闪而过的身影，就像在她院子里撒石灰那次一样，可她却再也没有出门上街，足足六个月，她一直没有露面。可是前门却总是关着。我们了解这是她父亲造成的，在那种恶毒暴力的性格教育下，她一波三折的人生很难消除他带来的阴影，这是毋庸置疑的。

爱米丽小姐再次出现的时候，她有些发胖，头发也变成了灰白的颜色。后来，她的头发越来越灰，那颜色像极了胡椒盐。一直到她去世的那年，在她七十四岁的时候，她的头发始终像男人的一样，依旧是活跃的铁灰色。

　　在她四十岁左右的一段时间，她房屋的前门才打开了六七年左右。那时，她将楼下的一个房间布置成了画室，教小孩子瓷器彩绘课。那时，沙多里斯上校还在世，与他同年龄的人都让自己的女儿、孙女儿跟着她学画画。他们每个周末都带孩子们去那里，准时准点，态度认真，就像他们要去的地方是教堂，还要给她们二角五分钱捐献一样。在那段时期，沙多里斯上校豁免了她的一切税费。

　　几年以后，那些学画画的孩子们都长大了，直到最后一个学生离开了以后，院子的前门这才关上了，而且始终没有再打开。那些学画的女人们不允许自己的孩子来这里学画。年轻人掌控了城镇，他们推行免费邮递，可全镇人只有爱米丽小姐一个人拒绝，她不允许自家房门上被钉上金属门牌和邮件箱。

　　时光流转，那黑人仆人也慢慢地老了，他的头发花白，也开始驼背，不过仍然拿着篮子来来回回。我们每年十二月都会把纳税通知单邮寄给她，可过了一周，邮局总会自动退还，因为每次都无人接收。她封了楼上，经常在楼下的窗口露出身影，像不时我们在楼底下的一个窗口——她显然是把楼上封闭起来了——见到她的身影，像庙宇里面的雕塑一样，用尊贵安静却又怪僻的目光注视着我们，使人难以接近，就这样过了一年又一年。

后来，她因病离世。在那个满是尘土、鬼影憧憧的房间里，只有那个年迈的黑人仆人照顾着她。我们不清楚她什么时候得病了，也无法从黑人口中得知，因为他并不和人沟通，大概对她也是一样。他的嗓子因为许久不说话早已变得沙哑。

她死的时候，床帐垂挂在粗笨的胡桃木床上，她的头发依旧是铁灰色，枕头因为许久晒不到太阳而变得发霉发黄。

五

黑人打开了前门，让第一波妇女走了进来，这些人的声音低沉，目光好奇，进来之后就迅速看着房间里的一切。黑人穿过屋子，从后门走了出去，从此以后再也没有出现。

第二天，爱米丽小姐的两位堂姐妹到了，镇上的所有人都来参加葬礼，他们都是来看那具被鲜花铺满的尸体的。她父亲的炭笔画像挂在停尸房上方，脸上依旧是思考沉思的模样，妇女们一直不停地说着她的死亡，老年人则穿着干净的南方同盟军制服，边走边聊着爱米丽小姐过去的故事。他们在走廊上与草坪间穿行，像是和她年纪相仿一样，他们认为和她一同跳舞，对她表白，显然，他们把时间顺序搞乱了。老年人经常这样，他们认为，过去的时光恰似一片无边无际的草原，并非是一条越走越狭窄的小路，它宽广得连冬天都无法影响到，不过最近这十年，它像是将他们与过去隔开了，使他们觉得处于瓶颈之中。

这四十年来，楼上有一个房间从未进过人，必须要把门撬开才能进入。所以，他们在把爱米丽小姐安葬了以后，人们想办法去撬门。

房门被猛烈撞开的同时，灰尘被震得四处飘散。这房间明明布置得像新房一样，却偏偏充斥着墓室般惨淡阴凉的气氛：玫瑰色的窗帘，玫瑰色的灯罩，梳妆台，水晶制成的器具，全部已经掉了色；男人洗漱用的白银器具已经没有任何光泽，甚至没办法辨别上面刻着的名字和图案。人们从这些乱七八糟的东西中翻出了一条硬领和领带，就像刚刚在身上摘下来的一样，拿起来的时候，浅淡的月牙形的痕迹留在了尘土之中。一套被叠得整整齐齐的衣裳放在椅子上面，两只鞋和一双丢掉的袜子被摆在椅子下。

床上躺着那个男人。

那个人脸上已经没有肉了，我们站在床边分辨着他那龇牙咧嘴的模样，让人无法预料。那尸体安静地躺在床上，维持着拥抱的姿势，这样的结局比爱情更为持久，也将他永久地驯服，他将长眠于此。他的身上和枕头上被多年间沉淀的灰尘所覆盖，他的肉体早已经腐烂，和那破破烂烂的睡衣一同黏在床上，再难分开。

　　我们发现床上的另一个枕头上有一点痕迹，看上去是被人压过。有人拿起枕头上的一个东西给大家看：那是一撮铁灰色的长头发，上面散发出干枯发臭的味道。

干旱的九月

九月的一天傍晚，夕阳如血一般鲜红艳丽。已经六十二天没下过雨了。周六傍晚，一个消息以势不可挡的力量迅速席卷而来。你称它为谣言也好，故事也罢，总之与米妮·库珀小姐和一个黑人有关。

理发店里聚集了许多人。天花板下的电扇持续地运转着，它不但没有吹进来清新的晚风，更没有将房间里的浑浊空气吹散，只是将那头发油和洗发剂的味道卷了起来，夹杂着人们嘴里的臭味，一并吹了回来。人们面面相觑，惊讶得像是被雷击了一样，有些恐惧，又觉得很丢脸。

　　一个中年理发师说："总之不是威尔·梅耶斯。"他的身材瘦瘦的，黄色的头发中有些泛红，他正态度和善地给一个客人修脸，又说："我对威尔·梅耶斯有些了解，这个黑人平时遵纪守法。我也清楚米妮·库珀小姐的为人。"

　　"你清楚什么？"又一个理发师问她。

　　修脸的顾客好奇地问道："那个姑娘很年轻吗？"

　　理发师说："不，她大概快四十岁了。她还没有结婚，所以我不信……"

　　"相信？相信有个屁用！"一个穿着绸衬衫却汗渍满满的高个子男人说，"你居然相信黑崽子的话，却不信白人女子？"

　　"威尔·梅耶斯不做这种事。"理发师说，"我清楚威尔·梅耶斯的为人。"

　　"你这么喜欢黑崽子，那你应该清楚这件事是谁做的，说不定你早就把这个人带出城外了。"

　　"我才不信谁会做出这种事呢，你们都仔细想想：那些岁数大的老女人是不是在胡言乱语，以为男人……"

"你真是白人中的混蛋。"顾客翻动着身上的围布,从椅子上跳了起来。

"你居然不信?"他问:"你是斥责白人妇女说了谎话吗?"

理发师目光笔直地看着他,拿着剃刀举在半空之中,并不顾忌其他人。

"都怪这糟糕的鬼天气,"另一个人说道:"天这么热,人们做得出来任何事,就连对她都做得出来。"

并没有人发笑。理发师慢条斯理却又坚定地解释:"我没有斥责谁,也没有让谁做过什么事,我只是想说,一个女人总不结婚……"

"混账,你就这么喜欢黑鬼!"年轻人说。

"别吵了,帕契。"另一个人说,"我们有足够时间调查真相并找到办法。"

"谁会查清楚事情的真相?"年轻人说,"去他的事实!我……"

"你真是好样的。"那位顾客脸上涂满了肥皂沫,看起来和电影中沙漠里的耗子杰克相似，他说，"虽然我不是本地人，又是个小小的旅行推销员，但我可是个白人，哪怕这个镇上的白人都死掉了，我也可以顶上。"

"大家说得很好。"理发师说，"我对威尔·梅耶斯很了解，我们先去打探消息，看看真相究竟是怎样的。"

"天啊，上帝!"年轻人气得叫了起来，"真没想到我们镇上会有你这样的白人……"

"闭嘴，帕契。"第二个开口说话的人再次斥责了他，"我们的时间很充裕。"

顾客瞪着眼睛看向说话的人，问道，"你这样说是什么意思？你的意思，不管有多大的事，黑鬼都可以冒犯侮辱白人妇女？他们都能被宽恕吗？作为一个白人，你居然赞同这样的事吗？快回你的北方老家吧，我们南方不欢迎你!"

第二个开口说话的人立刻辩驳，"什么北方人，我可是这里土生土长的!"

"哎，上帝啊。"年轻人呆呆地站在那里，神色迷茫地环顾四周，竟忘了想要说什么做什么，努力地回忆着，他抬起衣袖抹掉脸上的汗水，骂道："他妈的，如果我把一个白人妇女……"

"杰克，你去和他们谈一谈。"旅行推销员说："上帝啊，如果他们……"

只听砰的一声响，一个又矮又胖的人撞开了纱门，走了进来。他头上戴着一顶毡帽，穿着一件敞开领子的白色衬衫，两条腿分开站在房间中央，气势十足地环视房间里的所有人。他是麦克莱顿，以前指挥过法国的部队作战，十分勇敢。

他问："黑鬼崽子在杰弗生的大街上强奸白人妇女，你们就准备这样继续坐视不管？"

帕契再次跳起，两条半月形的黑色汗渍黏在两腋之下。"我从刚才就是这样对他们说的！我一直是这样说的……"

"这是真的吗？"第三个人问道，"霍克肖说的也在理，她已经说过几次男人轻薄她了，大概一年前，她还说过有个男人在她的厨房顶上看她脱衣裳？"

顾客问，"竟然有这样的事？"理发师把他按了下去，试图将他按回椅子里，可这个顾客用力抬起头来，并不想向后躺下，理发师只能再次用力压着他。

麦克莱顿忽然转过身体，看向第三个说话的人说："有没有出事重要吗？如果这次真让这些黑崽子们溜掉，他们以后说不定真会做出这种事来！"

"我就是这么告诉的他们。"帕契大声叫骂着，没完没了的，也不知道在骂谁，骂骂咧咧的也听不明白究竟骂了些什么。

"好了好了。"第四个人开口，"小点声说话，这么大嗓门干什么。"

"对。"麦克莱顿踮起脚尖站得高高的，四下看着，说，"用不着讲这些没用的了，我已经说完了，你们有谁要跟我来？"

理发师举着剃刀，按下了旅行推销员的脸，说："大家最好先调查清楚，弄清真相，我对威尔·梅耶斯很了解，他不是会做出这种事的人，我们去找警长吧，堂堂正正地查清楚事实。"

麦克莱顿忽然转过身体，怒火冲天地瞪着他。理发师毫不在意麦克莱顿迫人的目光，并没有躲闪畏惧的样子。他们两个人看起来并不像同一个民族的人。其他的理发师都不再工作，顾客们也都仰着脸躺着。

麦克莱顿一字一顿地对他说："你的意思是，你宁愿信任那些黑鬼崽子，也觉得白人妇女是在说谎？哼，你这个混蛋，居然这么喜欢黑鬼崽子……"

第三个说话的人曾经也是军人，他连忙站起来拉住了麦克莱顿的胳臂，从中间打着圆场，"好了好了，我们一起分析分析，看看谁知道真相是怎么回事！"

"分析个屁！"麦克莱顿用力地挣脱了对方的手，用衣袖擦了把脸，瞪着眼睛看向四周，大声说道："支持我的人都站起来，那些不……"

有三个人站了起来。旅行推销员从椅子中坐了起来，一把扯掉了脖子上围着的白布，说道："行了，快给我扯掉这块破布。我虽然不住在这里，但我支持他。想象一下，如果是我们的母亲、妻子和女儿……"他用那块白色的围布随意地抹了把脸，接着丢在一旁。麦克莱顿在屋子正中央站立，大声骂着其他的人。接着，又有一个人向他们走来。其他的人坐在那里有些不自然，互相也不看一眼，慢慢地，大家先后起身走到麦克莱顿周围。

理发师弯下腰捡起那块白围布，把它叠得很整齐，依旧劝说："大家最好别这样做，威尔·梅耶斯不可能做出这种事来，我十分清楚。"

"走吧。"麦克莱顿转身向外走去，一把沉甸甸的自动手枪就那样明晃晃地从他裤子后兜里露出了枪把。他们从房间里走了出去，纱门猛烈地开合了，在沉闷的空气中撞出声响。理发师动作麻利又认真地擦干净剃刀并收好，摘下墙上挂着的帽子向房间后面跑去，边跑边对其他理发师说道："我会尽快回来的，我绝不会让他们……"话未说完他就跑出了房门。剩下的两个理发师跟着他到了门口，纱门恰好在这时撞上又弹开。他们探身向外看去，眼看着他的身影消失在大街上，感觉空气都凝结成冰了一样。

他们两人舌根有些发麻，嘴里像含着一块铁，彼此对话，"他要做什么啊？"第一个人说。第二个人不停地说道："耶稣基督，耶稣基督，就算威尔·梅耶斯做出这种事来也比麦克莱顿被霍克肖惹火了好啊。"

"耶稣基督，耶稣基督。"第二个人也跟着小声念叨着。

"你觉得他真的对她做出这样的事来了？"第一个理发师问道。

　　她今年三十八九岁的年纪，和母亲以及姑妈住在一座木板房子里。母亲长年累月地病着，姑妈虽然面黄肌瘦、身体瘦弱，可精神却不错。每天上午十点到十一点之间，她总是在阳台上荡秋千，她戴着缝了花边的睡帽，一直会荡到晌午。吃过午饭，她会躺着睡一会儿觉。直到过了晌午，她才会换上一件崭新的巴厘纱裙，在凉爽的天气中进城和小姐、太太们逛街。她们没什么心思买东西，却仍然对各种物品指手画脚，牙尖嘴利地和商家讨价还价，以此来打发时间。

　　她虽然比不上杰弗生那些富贵人家，但家境也是不错的。长相虽然一般，身材却保持得很好，看起来很苗条。她喜欢穿那些颜色漂亮的衣裳，经常保持着愉悦的心态，可即便这样，人们还是能从她的言谈举止中捕捉到一丝干枯憔悴。年轻的时候，她体态婀娜娉婷，感情充沛，对什么事都抱有热情，可以说有些过分活泼了。在杰弗生镇的社交圈子里，她可以算得上是翘楚，那时和她一起玩的人都很年轻，没有太多等级观念，所以才会在中学舞会和教会组织的活动中，成为最活跃的存在。

　　一直以来，她都比那些朋友聪颖灵活，像一簇欢快跳动着的火焰。可是，她并没有察觉到，她的追逐者开始慢慢减少。在她的朋友圈子里，男人越来越自满虚伪，自傲自大；女人则整天精于算计，并乐在其中。当她有所察觉的时候，却已经太晚了。从那以后，她依旧会参加各种各样的舞会，活跃在灯光黯淡的回廊里或者夏天的草坪上，她的表情很矛盾，既春风得意，又失落枯槁；她的目光同样纠结，有时否定现实，有时却又茫然无措。直到一天晚上，她在舞会上听到了同学的对话，从那以后，她再也没有出席过这种场合。

她亲眼目睹了和她年龄相仿的女孩们结婚嫁人，生儿育女，组建起自己的小家庭。可到最后，男人们却背叛了她们。时间久了，朋友的孩子长大了，管她叫"阿姨"。这些年她一直被唤作"阿姨"；孩子的母亲们经常夸赞米妮阿姨年轻的时候聪明伶俐，很讨人喜欢。接下来，她经常和银行出纳员趁着周日下午开车出去玩。他四十多岁，是个鳏夫。他气色很好，身上经常伴有浅淡的发油味儿和威士忌的味道。他有一辆红色的小汽车，米妮经常坐在车上跟着他兜风。那是全镇的第一辆汽车，她也是全镇第一个戴着帽子和面纱的去兜风的人。镇上的人对她议论纷纷，有人说她很可怜，有人觉得她年纪大了，能够照顾自己了。从那时起，她让老同学女儿称呼她为"表亲"，而不是"阿姨"。

十二年前，她被指认犯了私通罪。那时，出纳员早已经被调到孟菲斯的银行八年了。每年圣诞节的时候，他都会回到城镇中过节，还会去参加单身汉晚会，那是打猎俱乐部每年都举办的节目。每次他和朋友们去河边，邻居们总会悄悄地揭开窗帘，随后在圣诞节拜访她的时候故意不停地谈论着他，他们会说，他在孟菲斯的生活越来越好，越来越富有，气色也特别好，她们边说边用神秘的目光看向她。她心里虽然不畅快，却始终笑着，每每此时，她总是能感觉到嘴里的威士忌酒味。一个在商店卖饮料的年轻人在给她威士忌的时候总会说："是我卖给她的酒，我觉得这能让她更快乐一点。"

她的母亲卧病在床，并不会出门；家务事都是由瘦弱的姑姑操持。与她们相比，米妮那色泽艳丽的裙子，悠闲自在过日子的方式则更显得空虚缥缈。每天过了晌午，她都会换上一件新衣裳出门；晚上，则只和女人以及邻居们出去看电影。她在闹市闲逛的时候经常会遇到那些"表亲"，她们面容娇小艳丽，发丝如瀑，胳膊又细又长，却显得无比笨拙。她们互相依偎在汽水柜台前面，刻意扭动着臀部，和身旁的同伴或男友叽叽喳喳地笑着闹着。她从这些"表亲"们身边走过，穿过那一排又一排林立的商铺，一直不停地走。她再也不会吸引那些男人的目光，无论是懒散地靠在门框上的男人，或是坐在商店门口的男人，他们都不再看她。

理发师脚步飞快地走在街上。死寂的半空中，那稀疏冷落的灯光散发出冷淡又刺眼的光芒。风沙铺天盖地地遮住了整个天地，尘土无力地在广场上方飘荡。金灿灿的屋顶像铜钟一样，一轮圆月时而显露，时而隐藏，就那样悬挂在东方。

小巷子里停着一辆汽车，麦克莱顿刚想和其他三个人上车，霍克肖就追了上来。麦克莱顿低下头向外张望，头发蓬松凌乱，他问道："你不再坚持己见了，对吗？"他说："太棒了，上帝啊，如果你今天晚上说的话被全镇人听到了……"

"好了，好了，"另外一个退伍士兵说："上来吧，霍克肖，你是个好人，快上来坐吧。"

"大家听我说，威尔·梅耶斯不会做出这种事的，"理发师说，"即便真有人做出这种事来，那个人也绝对不是他，哎，你们应该和我一样，都清楚我们镇上的黑人比其他地方好许多；而且你们也应该清楚，有时候女人总会莫名其妙地怀疑男人。无论如何，米妮小姐……"

退伍士兵说："是的，我们没想做其他的，只想去和他谈一谈。"

"谈个屁！我们和他打交道时……"帕契说道。

"闭嘴！天啊，"士兵说，"莫非你希望全镇人都……"

"上帝啊，告诉所有人吧。"麦克莱顿说，"转告那些混账东西们，让他们每一个能让白人妇女受……"

　　"这里还有一辆车，我们走吧。"小巷口中驶出了第二辆车，它从尘土之中驶出，伴随着尖锐的轰鸣。麦克莱顿启动了汽车，走在最前方。汽车从城镇驶出，街道上被风沙与尘土覆盖，路灯像是水中的倒影一样，摇摇晃晃地悬挂在半空之中。

　　右面是一条车辙凌乱的小路。风沙与尘土飘扬在半空之中，洒满了整个天与地。黑漆漆的制冰厂厂房坐落在夜色之中，庞大的轮廓显而易见，黑人梅耶斯今晚是厂里的守夜人。

　　"把车停在这里吧，好吗？"退伍士兵说。麦克莱顿一声不吭地开着车冲了过来，用力踩住了刹车，两道车灯打在了白墙上面。

　　"大家请听我说，"理发师说，"如果这件事不是他做的，他肯定会在这里的；如果是他做的，他才会逃跑的。你们应该清楚这一点。"接着，第二辆车开了过来，停在一旁。麦克莱顿从车上走下来，帕契也从车上跳了下来，走到他身旁。

　　"大家听我说。"理发师又说。

　　"关掉车灯。"麦克莱顿说道。刹那间，周围变得黑暗寂静，只有他们的呼吸声此起彼伏地响起。麦克莱顿和帕契的脚步声慢慢走远，过了片刻，黑暗中传来麦克莱顿的声音：

"威尔……威尔。"

一轮明月从天边升起，带着朦胧疲惫的月晕。月亮缓缓地爬上了山脊，为周遭的一切镀上一层银灰的色泽，空气、风沙尘土都像被丢进了一锅翻滚的铅水中一样。四面八方寂静无声，就连虫鸣和鸟叫声都没有，安静极了，唯有人们的喘息声和汽车散热、金属冷却时发出的细微声音。他们互相紧挨着坐在汽车里，身体只出干汗，又热又烫，"耶稣基督！"有个人忽然说话了，"我们下车吧。"

可他们并没有动。慢慢地，有许多嘈杂声从前方的黑暗之中传来；他们从车里走了出来，紧张不安地站在黑暗中等待着。接着，他们又听见抽打皮肉的声音、嘶嘶的吸气声和麦克莱顿刻意压低了的叫骂声。他们在原地站了一会儿之后，就一齐跌跌撞撞地向前跑去，像是因为害怕而逃跑。"杀掉他，杀掉他，这个混账东西。"一个人小声叫道。麦克莱顿使劲一推，就把他们推远了。

"把他拖到车里，不要留在这里。""把这个混账东西千刀万剐。"那个声音还在自言自语地低声说道。他们拖着黑人向汽车这里走来，站在汽车旁边的理发师忽然觉得冷汗直流，他感觉自己有些反胃，很有可能吐出来。

"长官们，究竟怎么回事？"黑人说，"上帝作证，我什么也没做过，约翰先生。"人们围在黑人身旁，有人拿出了手铐给他铐上，每个人都默不作声、聚精会神地忙碌着。他们将黑人当成了一根柱子，忙碌的同时又会彼此妨碍。黑人一边任由他们戴上手铐，一边快速地扫过众人，黑暗之中，这些人的面孔多少有些看不真切。他向前探身张望，努力分辨出一张张熟悉的脸，并叫出这些人的名字，"我做了什么事你们要抓我？约翰先生？"他离这些人很近，嘴里的气息和身上的汗臭味轻而易举地就被这些人闻到。

麦克莱顿用力打开车门，骂道，"滚进去！"

"你们究竟要做什么，约翰先生？我对天发誓，我什么都没做过，白人先生们，我真的什么都没做！"黑人一动不动，接着，他又喊出了一个熟人的名字。

麦克莱顿扬起巴掌打了黑人一下，骂道：

"我让你上车！"

吸气声顿时响起，他人在叹息之后，也开始对黑人拳打脚踢。黑人突然转身，用手上的手铐猛地打向他们的脸，并大声叫骂。理发师的嘴巴被手铐划破，他同样揍了他。麦克莱顿吩咐："把他推到车上去！"黑人这次倒是没有挣扎了，他被人推推搡搡地上了车，终于安静了下来。人们先后上了车，理发师和退伍士兵分别坐在了黑人两边。黑人并拢着双腿，手臂紧靠着身体，似乎并不想和他们发生肢体碰撞，他的目光不停地掠过这一张张面孔。汽车行驶的时候，帕契就扶着车窗站在踏脚板上，车里面，理发师用手绢紧紧地捂住了嘴巴。

"霍克肖？你怎么了？"士兵问道。

"没事。"理发师说。汽车重新回到了公路上，远离了城镇。第二辆车离着有一定的距离，透过飞扬的风沙，隐约可见。汽车越跑越快，一瞬间，最后一排房屋就消失在他们的视野之中。

"他妈的，臭死了！"士兵说。

"他这穷毛病我们早晚要治好。"推销员说。他坐在麦克莱顿身旁，汽车的前排座位。车窗外，帕契踩在脚踏板上迎着热风大声叫骂。

理发师向前探身，碰了碰麦克莱顿的胳臂。

"约翰，我要下车。"他说。

"你可以跳车，你这个喜欢黑鬼崽子的混蛋。"麦克莱顿并未转头。汽车的速度很快，漫天风沙之中，第二辆车亮着晃眼的车灯追了上来。麦克莱顿开着车来到一条狭窄的小路上，这条路年久失修，起伏不平，它的尽头是一座早已废弃的砖窑。实际上，那只是一些红色的土堆和被杂草包围的深不见底的洞穴。这里以前是个牧场，牧场主有天丢了一头骡子，便拿着长长的竹竿在洞里仔仔细细地打捞，却什么都没有捞到。

"约翰。"理发师再次叫道。

"如果想下去，你就自己跳。"麦克莱顿飞快地开着汽车，沿着杂乱的车辙向前驶去。坐在理发师身旁的黑人说道："亨利先生。"

理发师向前倾身，坐直了身体。汽车沿着狭窄马路向前开去，路况有些起伏，汽车不住地颠簸跳跃，两旁的路面飞快地消失，仿佛是带着余温的烟火，有一点温度却没有丝毫气息。"亨利先生。"黑人说。

理发师用力地推门。"小心！不要……"士兵连忙阻止，却已经晚了。理发师一脚踹开了车门，跳到了踏脚板上，直接跳下了汽车。士兵探身跃过黑人，却没有抓到他，只能看着汽车继续向前驶去。

理发师被汽车的惯性甩了出去，掉进了一旁的沟里，草丛中的尘土被砸了起来，连同那些断裂的干草一起落下。他躺在地上，恶心得反胃，不住地干呕着，简直透不过气来。第二辆汽车从他附近开过，可很快又开走了。他站了起来，一瘸一拐，边拍掉粘在身上的土屑，边朝着城里走去。月亮越爬越高，最后到达了比风沙尘土还要高的位置。他步伐缓慢地向前走着，漫天风沙之中，杰弗生镇的轮廓慢慢清晰起来，在风沙尘土中隐约可见，放射出昏暗的光泽。不久之后，汽车的声音从身后响起，伴随着逐渐明亮的灯光，从风沙尘土中穿透而来。他立刻跳进了路旁边的草丛中，趴下来等了会儿，果然看到了麦克莱顿的汽车，与先前不同的是，踏脚板上已经没有了帕契的身影，车里面只坐了四个人。

漫天风沙之中，汽车的影子越来越暗，连同那昏暗的车灯和车声一起，渐行渐远。汽车经过的地方，风沙尘土飞扬在半空之中，很快便和之前的尘土融为一体。理发师从草地上爬了起来，一瘸一拐地继续向城镇走去。

四

周六的傍晚，她梳洗干净了之后，本打算去吃晚饭，却觉得身上很热，有些烫手。她眼神也跟着发烫灼热。她的头发在梳理的时候不时地发出噼里啪啦的声响，她颤颤巍巍地系上了扣子，衣裳还没穿好呢，她的朋友就已经如约而至。她在朋友的注视下穿上了最轻薄的内衣、袜子，又穿了一条崭新的巴厘纱裙。"你还能逛街吗，身体受得了吗？"她们问她，看向她的目光幽暗灼人，"过段时间，等你不这么紧张，心情好些的时候，就把那件事完完全全地讲给我们听，他的所作所为，都讲给我们听。"

她们穿过树荫，走向了广场。她像个即将跳水的游泳健将一般，慢慢地深呼吸，发觉身体好了许多，不再那样颤抖。天气又闷又热，同伴们还要照顾她，所以她们四人走得很慢。直到快走到广场的时候，她再次颤抖起来，她双手握拳放在身体两侧，高傲地扬起头来，耳畔传来朋友说话的声音，眼前则是她们紧迫急切又灼热的目光。

她穿着崭新的衣裳站在朋友中间，浑身发颤地走进了广场，她有些迈不开脚步，却依旧昂着头，麻木颓废的面孔上，那双滚烫的眼睛闪闪烁烁。孩子们边吃冰激凌边从街上走过。

她从旅馆旁边走过，找了个椅子坐在路边，旅行推销员们离她很远，纷纷转头看她，议论着，"看见那个人了吗？穿粉红色衣裳坐在中间的那个女人！""她就是那个人？那个黑鬼被处置了吗？他们……""肯定的，他过得很好。""很好，真的吗？""是啊，他出去旅行了。"她们从药品杂货店前走过，那些在门外懒散靠着的年轻人抬起帽子向她表示了敬意。她向前走着，只觉得那些人的眼神始终留在她大腿和臀部上。

她们从这些抬帽致敬的男人身旁走过，这些人对她的态度都变得小心谨慎，恭恭敬敬，也因为她的经过而停止了交谈。同伴们的声音像是掺杂着惊喜，又像是有些叹息，她们说，"你们看，一个黑人都没有，广场上一个都没有。"

剧院的休息室灯火通明，形象生动的彩色图画装点着整个剧院，让它看起来像是人间仙境，那种色彩被描绘得既漂亮又恐惧。直到电影开始演出，她的嘴唇才停止了颤抖。在众人的目光之中，在那些或惊讶或感叹的窃窃私语之中，她很快克制住自己，照常说笑。座位之间的通道被荧幕上的白色光亮照亮，一对对年轻男女并肩走了进来，坐在了他们各自的位置。

灯光慢慢变暗，幕布上反射出银色的光芒。在这种明明暗暗的光线下，她能看见年轻男女纷纷走进来，伴随着不同

的香水味和沙沙的脚步声。这时候，男女青年络绎不断地走
进来；在半明不暗的光线下，闻得见他们身上的香水味，听
得见他们沙沙的脚步声。他们有着匀称轻灵的身影，身材细
长灵敏，显得青春有活力。美丽的梦境伴随着他们一路向前，
不断地流淌，她本不想笑，可却笑得更加大声。她的笑声让
许多人回头张望，她的朋友只能搀着她，带她离开了剧场。
她一直笑着，直到上了汽车，还笑得没完没了。

同伴们帮她脱掉身上的衣裳，包括那件又薄又轻盈的内
衣和长袜，又给她请了医生。可医生并没有马上找到，同伴
们只能先照顾着她，为她换冰块并扇风。她躺在床上，头上
敷着冰块，时不时尖叫一声，每次刚敷上冰块的时候，她都
会止住笑声，变得安安静静，有时也会低声呻吟，直到她再
次放声狂笑。

她们"嘘——嘘——"地哄着她，边为她更换冰块，边
抚摸着她的头发，彼此交谈："是不是真的发生了什么事?"
同伴们的目光闪烁，散发着黑亮的光芒，既诡异又激动，不
住地感叹："嘘——真是可怜啊! 可怜的米妮!"

五

已经到了午夜，麦克莱顿开着车回到了家，他的房间整

洁干净，刷着白绿相间的油漆，看起来赏心悦目，不过却小得像鸟笼一样。

他锁好了汽车之后，从门廊走过，走进了房屋里。他的妻子正在台灯下的椅子里坐着，看到他立刻站了起来。麦克莱顿走到房屋中间，目光直视着她，直到瞪得她低下了头，他才伸出胳膊指着时钟，说道："你知不知道几点了！我早就告诉过你不要等着我回家。"

她低着头，脸色苍白又倦怠，神色不太自然。她手里拿着一本杂志站在他面前，叫了他一声："约翰。"说着，她把杂志放了下来。

他满头大汗地站在那里，站得稳稳的，对她怒目而视，质问道："我难道没对你说过？"他突然走向了她，紧紧地抓着她的肩膀瞪着她。

她愣愣地抬头看他，解释着："不要这样对我，约翰，不知道为什么，天竟然这么热，我没办法睡着。约翰，我好痛，求你不要这样。"

"我早就和你说过！"他一把将她推到了椅子里，走出了房间，顺手扯下了衬衣。

她静静地坐在椅子上，直到他离开了房间。

他走到后阳台上，站在了脏兮兮的纱窗旁边，用刚刚穿过的衬衫随意擦着头和肩膀，然后将衣服用力地扔开。接着，他将后兜里的手枪从裤子里拿了出来，放到了床附近的桌子上。他开始脱鞋脱裤子，这番动作之后，他又热得汗流浃背，连忙弯腰寻找那件丢掉的衬衫，找了半天才找到，便又用它擦了擦身体。他喘着粗气赤着臂膀站在了沾满沙尘的纱窗旁边，看着那清冷的月亮和黑暗的世界。它们仿佛病入膏肓了一样，没有任何声响，死一般寂静。

公道

祖父还活着的时候，我们每个星期六下午都会到庄园去，而且几乎每次饭后我们都会马上驾车出发，我和罗斯库斯坐在前座的位置，祖父、凯蒂和杰生则坐在后排。马儿拖着马车急速飞奔，每到这时，祖父和罗斯库斯也就谈开了。我们的马车所用的这些马匹在附近地区是首屈一指的，不但平路上奔驰如飞，就算是山坡也能一驰而过。不过，我们是在密西西比州北部的山区一路疾驰，所以每当翻过一些陡坡时，我和罗斯库斯总是不能幸免地要闻到些祖父的雪茄烟味。

从我们的住处到庄园大概有四英里的路程。在树木掩映之中，有一排长长的矮屋。那些矮屋没有上过油漆，不过黑人区的一个名叫山姆·法泽斯的巧手木匠倒是把它修葺并保养得整整齐齐，结结实实。屋后是仓库和熏制房，再远一点就是住宿区了，它们同样被山姆·法泽斯收拾得井井有条。他专门做这些事情，别的什么也不干。山姆·法泽斯已经很老了，人们说他将近一百岁了。他和黑人住在一起，黑人们称他为"蓝牙龈"，白人则叫他黑人。但事实上他并不是黑人，这就是我接下来要讲给大家听的故事。

通常情况下，我们一到庄园，管家斯托克斯先生就会派一个黑人小孩陪着凯蒂和杰生去小溪钓鱼，因为凯蒂是个女孩，杰生又太小，而我呢又偏偏不肯照顾着他们一起去。因为我有自己喜欢去的地方。我喜欢到山姆·法泽斯的木工间去，他不是在制车辕就是在造车轮。我去时常常会捎些烟丝给他。那时，他便会放下手上的活计，掏出烟斗——他自己用溪里的泥土和芦苇秆做的——装上烟丝，对我絮絮叨叨地讲述那些往事。他说话的样子很像黑人，我的意思是说，他谈吐时的神态很像黑人，但说的话语却不一样。他虽然长着黑人的头发，可他的皮肤却较肤色浅的黑人还淡一些，还有他的鼻子、嘴巴、下巴，都不是黑人的样子。他年纪已经很大了，那种迟暮的体态，越发和黑人不同：腰板挺直，虽不高大，却胸厚肩宽。他的表情安详，很从容，无论是工作时，还是别人甚至白人对他说话时，又或者他跟我闲聊时，他的神情都始终如一。就算他独自一人上屋顶锤打铁钉，也是这副神态。他有时会把手上的活计在凳上一搁，然后坐下来抽烟，哪怕斯托克斯先生，甚至我祖父从一旁走来，他也不会仓促地站起身来，去埋头干活。

所以，我送上烟丝时，他就往往撂下活儿，坐下装上烟斗，跟我唠叨起来。

"这些黑人。"他说，"他们叫我'蓝牙龈大叔'，可白人他们却叫我山姆·法泽斯。"

"难道你不叫山姆·法泽斯吗?"我问道。

"不，过去不这么叫。我记得，我记得直到我像你这般年纪的时候，我只见过一个白人，一个每年夏天都到庄园上来的威士忌酒贩。我这个名字是头人取的，不过他并不叫我山姆·法泽斯。"

"头人?"我说。

"就是这儿的庄园主，黑人当时都是他的，我妈妈也是他的，在我长大之前见到的土地都属于他。他是个乔克图族的头人。他把我妈妈卖给你太爷爷，还说如果我不想走就可以继续留在这儿，因为我当时已经是个身强力壮的汉子了。就是他给我取了法泽斯这个名字，意思是'有两个父亲'。"

"'有两个父亲'?"我说，"那不是名字，根本不是。"

"一度是的。我讲给你听。"

二

这件事是我刚开始记事的时候，赫尔曼·巴斯克特告诉我的。他说杜姆从新奥尔良回来时带来六个黑人，其中有个女人，尽管赫尔曼·巴斯克特说当时庄园中的黑人已经多得无法使唤。他们有时就会驱使黑人和猎犬赛跑，就像你们追捕狐、猫和浣熊一样，而杜姆又从新奥尔良带回六个。他声称是在汽船上赢来的，所以不能不要。赫尔曼·巴斯克特说，杜姆下汽船时，除了这六个黑人，还随带着一只装有活东西的大箱子和一只盛着新奥尔良盐末的、金表那么大的小金盒子。赫尔曼·巴斯克特随即叙述了杜姆如何从大箱子里抓出一条小狗，用面包和一撮金盒中的盐末搓成一粒药丸以及如何将药丸塞进小狗的嘴巴，小狗就立刻倒地毙命的事情。

赫尔曼·巴斯克特说杜姆就是那么一种人。他说那天夜晚杜姆下船时穿着一件缀满金饰的外衣，戴着三只金表。赫尔曼·巴斯克特还说，虽然事隔七年，但杜姆的眼睛却依然如故，与他出走之前的眼睛一模一样。那时他的名字还不叫杜姆，他与赫尔曼·巴斯克特以及我爸爸当时一如村童，常在夜晚在同一张草席上抵足而卧，娓娓长谈。

杜姆原来不叫杜姆，他的原名叫伊凯摩塔勃，当然，他并不是生来就配当头人的。杜姆的舅舅才是头人，他自己有儿子，还有一个兄弟。甚至在那时，在杜姆与你一样年幼时，头人有时就瞟着眼看杜姆说："外甥啊，你眼露凶光，像匹劣马。"

赫尔曼·巴斯克特说，因而，杜姆长大成人，宣称自己要去新奥尔良时，头人并不惋惜。头人过去喜欢玩掷刀和掷蹄铁之类的游戏，随着年岁渐高，他现在只爱掷刀了。因而杜姆出走后，他虽然没忘掉他，却并不懊丧。赫尔曼·巴斯克特说，每年夏天威士忌酒贩来时，头人总要问起杜姆。"他现在把自己叫做戴维·卡利科特了。"头人会这么说，"但他的真名是伊凯摩塔勃。你们有没有听说过有一个叫戴维·伊凯摩塔勃的在大河中淹死，或者在新奥尔良白人厮杀时丧生呢?"

只是，赫尔曼·巴斯克特说，杜姆这一去就整整七年，七年中他杳无音信。后来有一天，赫尔曼·巴斯克特和我爸爸突然收到杜姆的一根写了字的棍子，要他俩到大河去接他，因为那时的汽船不再驶进我们这条河了。当时有一艘汽船一直搁浅在我们小河里，寸步难行。赫尔曼·巴斯克特告诉我，大概杜姆出走后的第三年汛期，有一天，这艘汽船溯流而上，窜上了沙洲，就"死"在那儿，动弹不了了。

这就是杜姆的第二个名字——杜姆之前的那个名字的由来。赫尔曼·巴斯克特告诉我，那以前，一年中汽船只有四次机会驶进我们的小河，溯流而上，每到汽船来时人们就会一起拥到河边露营，然后守候着观看汽船经过。他说给汽船导航的那个白人名叫戴维·卡利科特。所以当杜姆告诉赫尔曼·巴斯克特和我爸爸他要去新奥尔良时，他说："我还要告诉你们另一件事，从现在起，我不叫伊凯摩塔勃了，叫戴维·卡利科特。总有一天，我也要拥有一艘汽船。"赫尔曼·巴斯克特说杜姆就是这么一种人。

七年后，他写信给赫尔曼·巴斯克特和我爸爸，之后他们便套车到大河接他去。杜姆带着六个黑人下了汽船。"他们是我在船上赢来的。"他说，"你和克劳·福特（其实我爸爸的全名叫克劳菲什·福特，但他们通常只叫他克劳·福特）两人分吧。"

"我不要。"赫尔曼·巴斯克特说我爸爸当时这么回答。

"那就统统归赫尔曼吧。"杜姆说。

"我也不要。"赫尔曼·巴斯克特回答。

"好吧。"杜姆说。随后,赫尔曼·巴斯克特问杜姆是否还叫戴维·卡利科特,杜姆没有搭腔,却对一个黑人叽咕了几句白人的话语,那黑人便点燃一枝松节。接着,赫尔曼·巴斯克特说他们愣着眼看杜姆从大箱中抓出一条小狗,又用面包和小金盒中的新奥尔良盐末搓了一粒药丸,就在这时,他说我爸爸突然叫道:"你说过要让赫尔曼与我分这些黑人吧?"

赫尔曼·巴斯克特说我爸爸这时看见黑人中有一个是女的。

"你和赫尔曼都不要啊。"杜姆说。

"我刚才说话明显没有经过考虑。"爸爸说,"我要包括那个女人在内的那一队,其他三个分给赫尔曼。"

"我不要。"赫尔曼·巴斯克特说。

"那分给你四个。"爸爸说，"我要这女人和另外一个男的。"

"我不要。"赫尔曼·巴斯克特说。

"那我只要这个女人。"爸爸说，"其他五个都归你。"

"我不要。"赫尔曼·巴斯克特依旧这么坚持着。

"你也是不要的。"杜姆对爸爸说，"你自己说过你不要。"

"你还没告诉我们你的新名字呢。"他对杜姆说。

"现在我叫杜姆。"杜姆说，"是新奥尔良的一位法国头人给我取的，法国话叫杜·昂姆，用我们的话讲就是杜姆。"

"'杜姆'是什么意思?"赫尔曼·巴斯克特问。

杜姆直愣愣地对着他凝视了一阵，回答说："这意思就是头人。"

赫尔曼·巴斯克特向我描述了他们听后对此所作出的感想。他说他们伫立在黑暗之中，大箱子里杜姆还没有用掉的其他小狗吠着、打闹着，而那松节的光亮照耀着那些黑人的眼珠、杜姆的金饰外衣以及那条已经丧命的小狗。

"你当不了头人，"赫尔曼·巴斯克特说，"你是头人的外甥，头人自己既有兄弟又有儿子。"

"不错。"杜姆说，"可我要是头人，我就把这些黑人送给克劳·福特，也要送赫尔曼一些东西。我要是头人，每给克劳·福特一个黑人就送赫尔曼一匹马。"

"克劳·福特只想要面前这个女人。"赫尔曼·巴斯克特说。

"我是头人的话，无论如何要送赫尔曼六匹马。"杜姆说，"不过，也许头人已经送给赫尔曼一匹了。"

"没有。"赫尔曼·巴斯克特说，"我至今连灵魂也还是靠两条腿走路。"

他们要走三天路程才能到达庄园，到了夜晚他们就在路边宿营。赫尔曼·巴斯克特说他们一路上紧闭嘴巴，一句话也不说。

第三天，他们来到了庄园。赫尔曼·巴斯克特说尽管杜姆拿糖果馈送头人的儿子，头人却并不是那么高兴见到他。杜姆对一切亲朋故友都各有所赠，甚至连头人的兄弟也不例外。头人的兄弟独自一人住在溪边小屋里，大名叫"难得睡醒"。人们只有在偶尔送些食物去时才能见到他。赫尔曼·巴斯克特讲了那天关于他、爸爸和杜姆去见他的情况。那是一个夜晚，杜姆先叫赫尔曼·巴斯克特关上大门，然后从爸爸手中接过小狗放在地上，接着就用面包和新奥尔良盐末捏好了药丸，以便让"难得睡醒"目睹药丸的功效。赫尔曼·巴斯克特说他们刚离开，他就点燃了一根树枝，然后用毯子把头蒙上了。

杜姆回家的第一个夜晚就是这么度过的。到了第二天，赫尔曼·巴斯克特告诉我，头人吃饭时动作突然失常，在医生还没有赶到和烧树枝之前就一命呜呼了。而当头人的遗孀把儿子叫来接替他时，人们发现头人的儿子也行动怪异，很快就死了。

"现在该由'难得睡醒'当头人了。"爸爸说。

于是，头人的遗孀又去请"难得睡醒"，但没多大功夫就返回了。

"'难得睡醒'不肯当头人。"她说，"他头上蒙着毯子就坐在小屋里。"

"那就只有伊凯摩塔勃当了。"爸爸说。

就这样杜姆当上了头人。但赫尔曼·巴斯克特说爸爸当时显然很是焦躁，他劝爸爸给杜姆一点时间。"我还是靠两条腿走着呢。"赫尔曼·巴斯克特说。

"可这件事对我来说至关重要。"爸爸说。

他说爸爸最终还是在头人及其儿子入土之前，丧葬宴会和赛马还没有结束就去找杜姆了。

"什么女人？"杜姆问道。

"你说你当上头人时要给我的啊。"爸爸回答。赫尔曼·巴斯克特说那时杜姆两眼瞪着爸爸，而爸爸的一双眼睛却看也不看杜姆。

"我看出来了，你是不相信我。"杜姆说。赫尔曼·巴斯克特说爸爸始终没有朝杜姆瞥上一眼。"你好像以为那条小狗是生病死的。"杜姆说，"你还是再考虑考虑吧。"

赫尔曼·巴斯克特说爸爸当时考虑了一下。

"你现在怎么想啊？"杜姆问。

不过，赫尔曼·巴斯克特说爸爸仍然不瞧杜姆一眼。

"我看那条小狗本来是很健壮的。"爸爸说。

三

宴会和赛马终于结束了，头人和他儿子的尸体也下葬入土了。后来，杜姆说："明天我们去把那艘汽船拖来。"赫尔曼·巴斯克特说自从杜姆当上头人，就一直不停地谈论着那艘汽船，还不停地抱怨他的房子如何不够大。于是就在那天晚上，杜姆又开口了："明天我们去把那艘搁浅在河中的汽船拖来吧。"

赫尔曼·巴斯克特说："那艘汽船远在十二英里之外，别说拖来了，就连在水中移动一下都没有可能。所以第二天早晨，除了杜姆自己和黑人外，庄园里根本看不见其他人的影子。"后来他还告诉我，杜姆如何一天到晚地找人，他甚至把猎犬也用上了，有些人是他从小溪底的树洞中找到的。那天夜晚，他把所有的男子都集中在他的大屋里睡觉，还把猎犬圈在那儿。

赫尔曼·巴斯克特告诉我他听到杜姆和爸爸在黑暗中交谈的情况。"我看你是不相信我。"杜姆说。

"我相信你。"爸爸回答。

"这正是我要奉劝你的。"杜姆说。

"我倒是很希望你能奉劝奉劝我的灵魂。"爸爸说。

到了第二天,大家都跟着杜姆去搬运那艘汽船。女人和黑人步行,男人坐大车,杜姆带着猎犬跟在最后面。

那艘汽船就在沙洲上躺着。大家走到它跟前时,发现上面有三个白人。"现在我们可以回去了。"爸爸说。

但杜姆却和那三个白人已经攀谈起来。

"这艘船是你们的吗?"杜姆问。

"但也不是你的。"白人回答。赫尔曼·巴斯克特说那三个白人身上虽然带着枪支,但看样子并不像能拥有汽船的人物。

"我们宰了他们吧?"他对杜姆说。但他说杜姆仍在与船上的白人聊着天。

"把船让给我,你们想要什么来交换?"杜姆问。

"你想拿什么交换?"白人不答反问。

"船已经报废了。"杜姆说,"没有多大价值了。"

"那你能给十个黑人吗?"白人问。

"当然可以。"杜姆回答,接着他命令道:"跟我从大河来的黑人走出来!"

那些黑人听到杜姆的话后走出来了五男一女。

"再站出来四个黑人!"于是又站出四个。

"你们现在就去吃那些白人的粮吧。"杜姆说,"我希望他们的粮食能够把你们喂得结结实实的。"接着,这些白人扬长而去,十个黑人也跟着他们走了。

"现在。"杜姆说,"我们设法把汽船搬上岸去,然后把它带走。"

赫尔曼·巴斯克特说他和爸爸没有随其他人一起下河,因为爸爸请他到一边去说话。他们走到一边,爸爸谈了他的想法,但赫尔曼·巴斯克特说他认为不该去杀那些白人,而爸爸说他们可以往那三个白人肚里塞上石块,然后把他们沉到河底去,这样就神不知鬼不觉,没有人发现了。

就这样，赫尔曼·巴斯克特他们就赶上了那三个白人和十个黑人，然后返回。快要靠近汽船时，爸爸对黑人们说："到头人那边去，把船搬上岸移走。我要带这个女人回家了。"

"可是这女人是我的妻子。"一个黑人说，"她一定要跟我在一起。"

"难道你也想肚子里填满石块沉到河底去吗？"爸爸对那个黑人说。

"你自己想沉到河底吗？"那黑人用同样的话问爸爸，"你们只有两个，我们可有九个。"

赫尔曼·巴斯克特说爸爸想了想，说："我们到汽船边去帮助头人吧。"

他们来到船边。赫尔曼·巴斯克特告诉我，当时杜姆如何瞧瞧那十个黑人，又瞅瞅爸爸时的神色。"看来那些白人是不要这些黑人了。"杜姆说。

"好像是吧。"爸爸回答。

"白人走了，是吗？"杜姆问。

"或许吧。"爸爸回答。

赫尔曼·巴斯克特向我讲述，那时杜姆是如何每天夜晚把所有的男人都集中在他屋中睡觉，把猎犬也圈在里面，以及他们是如何每天清晨驾车出发去搬汽船的情景。人多，马车容不下，因而第二天起就让女人守在家里了。时间一晃，三天过去了，杜姆才发现爸爸也一直呆在家里。赫尔曼·巴斯克特说可能是那女人的丈夫向杜姆告发的。"克劳·福特扛船时伤了腰背。"赫尔曼·巴斯克特这样对杜姆说，"他要留在庄园，连脚泡在温泉里，让腰背上的伤痛落到地下去。"

"多好的主意。"杜姆说，"他已经浸泡了三天了吧？现在腰背上的伤痛总该落到小腿上了。"

当夜他们一回庄园，杜姆就派人把爸爸叫去，问爸爸伤痛消了没有，爸爸回答消得很慢。"那得到泉水里多泡些时候。"杜姆说。

"我是这么想的。"爸爸回答。

"你夜晚也到泉水里去泡，也许这样更好一些。"杜姆说。

"要叫夜风吹了，伤痛会更厉害的。"爸爸说。

"生堆篝火就不会了。"杜姆说，"我派个黑人去给你照料篝火。"

"哪个黑人?"爸爸问。

"我汽船上赢来的那个女人的丈夫。"杜姆回答。

"我想我的背大概已经好点了。"爸爸说。

"我们试试看吧。"杜姆说。

"我背伤真的好多了。"爸爸说。

"不管怎样，试试看吧。"杜姆说。于是天黑前杜姆派了四个男人把爸爸和那个黑人送到泉边。赫尔曼·巴斯克特说送的人很快就回来了，但他们前脚跨进头人的大屋，爸爸后脚也就到了。

"伤痛突然开始消了。"爸爸说，"它今天中午就落到脚上了。"

"你看明天早晨能完全消净吗?"杜姆问。

"我想会的。"爸爸回答。

"兴许不如在泉水里泡一夜更有把握。"杜姆说。

"我知道明天早晨一定消净的。"爸爸说。

<h1 style="text-align:center">四</h1>

赫尔曼·巴斯克特说，临近夏天，那汽船终于出了河床，但他们整整花了五个月时间，因为必须砍伐树木，为它开出一条通道。这时，汽船可以在滚木上移得较快些了。他也谈了我爸爸是如何出力干活的，说他在靠近汽船的一根纤索上有一个别人不准占据的位置；而杜姆居高临下地坐在汽船前廊下面的椅子上，一个孩子举着树枝给他遮阴，另一个挥舞树枝驱赶虫虻。还有猎犬也满船奔跑。

夏天，当人们仍在拖汽船的时候，赫尔曼·巴斯克特说那女人的丈夫又找上杜姆了。"我能做的都为你做了。"杜姆说，"你为什么不自己去找克劳·福特算算账呢？"

那黑人回答说他已经去过了。他说爸爸要通过斗鸡来了结这笔账，让爸爸的鸡和那黑人的鸡斗，谁赢，女人归谁，不出场的也算输。那黑人告诉爸爸他无鸡可斗，但爸爸说既然如此，那他应以不出场服输，女人就属于爸爸了。"我可怎么办呢？"黑人问道。

杜姆考虑了一阵，然后把赫尔曼·巴斯克特叫去，问他爸爸哪只鸡最善斗，他回答说爸爸只有一只鸡。"那只黑公鸡吗？"杜姆问。赫尔曼·巴斯克特回答说正是那只。"噢。"杜姆应了一声。"告诉克劳·福特说你有公鸡。"杜姆对那黑人说，"就告诉他到了斗鸡场上你会拿出鸡来的。叫他明天上午斗吧，我们让汽船停下来歇歇。"黑人走开了。赫尔曼·巴斯克特说，这时杜姆用眼睛盯着他，他却掉头不看杜姆，因为庄园中只有一只公鸡比爸爸的这只更善斗，那就是杜姆的一只。"我以为那条小狗不是病死的。"杜姆说，"你看呢？"

赫尔曼·巴斯克特说他还是不看杜姆一眼，但说："我是这样想的。"

"我正要这样劝告你。"杜姆说。

赫尔曼·巴斯克特说第二天暂停拖船。马厩成了斗鸡场，白人和黑人全都聚在那儿。爸爸把公鸡放入场内，那黑人也把公鸡放入场中。赫尔曼·巴斯克特说当时爸爸两眼紧盯着那黑人的公鸡。

"这鸡是伊凯摩塔勃的。"爸爸终于说。

"这鸡是他的。"人们对爸爸说，"伊凯摩塔勃当着我们大家的面把它送给他了。"

赫尔曼·巴斯克特说，这时爸爸早已把自己的鸡抱起来捧在手中。"这样做是不对的。"爸爸说，"我们不该让他把老婆的命运押在斗鸡上。"

"那么你不想斗了?"那黑人问道。

"让我考虑一下。"爸爸说。他沉思了一会。大家都看着他。那黑人提醒爸爸，别忘了他亲口讲过不出场就是认输这句话。爸爸说他不是那个意思，现在收回那句话，大伙儿就说：只有斗过了，才能把话收回。赫尔曼·巴斯克特说爸爸又迟疑思索了一会。人们注视着，守候着。"好吧，"爸爸说，"我让人占便宜了。"

两只鸡一交锋，爸爸的鸡就一头栽倒在地，爸爸一把把它抓了起来。赫尔曼·巴斯克特说，仿佛爸爸在守候自己的公鸡会马上摔倒，以便能迅速把它抱起来似的。"等等。"他说时眼望着大伙儿。"现在斗也斗过了，对吗?"大伙儿表示同意。"那我就这样把话收回了。"

爸爸刚要走出斗鸡场。

"你不斗了吗?"那黑人问。

"我看这不能解决问题。"爸爸说,"你看呢?"

赫尔曼·巴斯克特说那黑人对爸爸瞪了一阵,然后移开目光,就蹲在地上。人们见那黑人盯着两脚之间的土地,见他抓起一把泥块,泥土细末从他手指间撒落下来。"你认为这能解决问题吗?"爸爸问。

"不能。"黑人回答。但人们听不清他的话,只有爸爸听到了。

"我也认为不行。"爸爸说,"你不能拿斗鸡来赌自己的老婆。"

赫尔曼·巴斯克特告诉我,那黑人当时如何抬起目光,手指间沾满了干燥的泥土,他说那黑人在昏暗的斗鸡场上双目血红,活像狐狸的眼睛。"让两只鸡再斗一场好吗?"黑人说。

"你同意不赌什么输赢,对吗?"爸爸问。

"对的。"黑人回答。

爸爸把他的鸡放回场地。赫尔曼·巴斯克特说爸爸的鸡甚至来不及挣扎一下就倒毙在地了。黑人的鸡踩在它上面,喔喔地啼着，但那黑人把它赶走了，他自己在死鸡上蹦着踩着，把它踩成了一团肉酱。

夏去秋来，赫尔曼·巴斯克特说汽船已经拖到庄园上，停在大屋旁边又不动了。他说整整两个月来，他们一直眼望着大屋，在滚木上移动汽船；而如今，它停在大屋旁边了，大屋也就因此够大了，足以使杜姆称心如意了。他举行了一次宴会，持续了一个星期。宴会结束时，赫尔曼·巴斯克特说那黑人第三次又找上杜姆。他说那黑人的眼睛又像狐狸一般变得血红，人们听见他在房间里喘着粗气。"到我家去一趟吧，"他对杜姆说，"我给你看件东西。"

"我当时就预见到要出事情。"杜姆说时向房间四下里打量着。赫尔曼·巴斯克特告诉他爸爸刚刚出去。"叫他也去。"杜姆说。他们到达那黑人的小屋时，杜姆派了两个人去带爸爸，然后他们走进小屋。那黑人要给杜姆看的原来是一个婴儿！

"哎，"黑人说，"你是头人，要主持公道啊。"

"这婴儿怎么啦？"杜姆问。

"你看他的肤色。"黑人说，眼睛朝屋内转动着，像狐狸似的，一会儿血红，一会儿死灰，一会儿又变得血红；赫尔曼·巴斯克特说他们能听出他在大口大口地喘着粗气。"我能得到公道吗？"黑人说，"你是头人。"

"你该为这个漂亮的黄皮肤的婴儿感到骄傲。"杜姆说时，看了看婴儿。"我看正义公道未必能使他的皮肤变黑。"杜姆说。他的眼睛也在屋内转了一圈。"过来，克劳·福特，"他喝道，"这是婴儿，不是铜头蛇，不会咬你。"但赫尔曼·巴斯克特说爸爸就是不肯走上前去。他说那黑人喘着粗气，眼睛红一阵，灰一阵，又红一阵。"呸，"杜姆叫道，"这是不对的。任何人都有权保护自己的瓜地不受林中野鹿的糟蹋。不过，我们先给婴儿取个名字吧。"杜姆于是思考起来。赫尔曼·巴斯克特说这时那黑人的眼神渐渐温和，呼吸也渐趋平静了。"我们就叫他'有两个父亲'吧。"杜姆说。

五

山姆·法泽斯再次点上了他的烟斗。他不慌不忙地立起身来，伸出拇指和中指从熔炉中拣出一块炭火，点上烟，回头坐下。天色渐渐晚了。凯蒂和杰生也已经从溪边回来，我看见祖父与斯托克斯先生正在马车旁聊天；这时，祖父仿佛瞥见我的目光似的，转身喊起我的名字。

"后来你爸爸怎么办呢？"我问。

"他和赫尔曼·巴斯克特筑了一道篱笆。"山姆·法泽斯说，"赫尔曼·巴斯克特告诉我，杜姆叫他们在地上竖了两个木桩，顶上搁一根小树条。那黑人和爸爸都在场，杜姆没有告诉他们筑篱笆的道理。赫尔曼·巴斯克特说杜姆小时候与他和爸爸睡在同一张草席时就是这样的。杜姆往往半夜三更把他们推醒，要他们跟他去打猎，或者要他们站起来与他拼拳头打架取乐，闹得他们只得躲避他。

"他们把小树条搁在两个木桩上，于是杜姆对那黑人说：'这是篱笆，你能翻过去吗？'

"赫尔曼·巴斯克特说，那黑人把手往树条上一按，身轻如鸟，一纵身就嗖地飞了过去。

"然后杜姆回头对爸爸说：'翻过去！'

"'这篱笆太高，我翻不过。'爸爸说。

"'翻过去，我把那个女人给你。'杜姆说。

"赫尔曼·巴斯克特说爸爸对篱笆望了一会。'让我从下面钻过去吧。'他说。

"'不行。'杜姆回答。

"赫尔曼·巴斯克特告诉我,爸爸如何一屁股坐在地上,说:'这可不是我不相信你了。'

"'我们就把篱笆筑得这么高吧。'杜姆说。

"'什么篱笆?'赫尔曼·巴斯克特问。

"'就是围住黑人小屋的篱笆。'杜姆回答。

"'筑一道我自己翻不过的篱笆我可不干。'爸爸说。

"'赫尔曼会帮助你的。'杜姆说。

"赫尔曼·巴斯克特说,这完全与杜姆过去推醒他们,要他们伴他去打猎时一模一样。他说第二天中午时分,猎犬找到了他们,所以下午他们只得动手。他告诉我他们必须先到溪边砍树,然后用手拖回来,因为杜姆不准他们套车,有时一个木桩就得花上三四天的工夫。

"'没关系,'杜姆说,'你们有的是时间,劳动劳动可以让克劳·福特夜里睡个好觉。'

"赫尔曼·巴斯克特告诉我,他们筑了整整一个冬季,第二年又整整筑了一个夏季，直到威士忌酒贩来了又去了，篱笆才告完成。他说当他们打下最后一个木桩时，那黑人走出小屋，把手往桩上一按（那是栅栏式的篱笆，木桩直挺挺地打在地上），又身轻如燕，嗖地飞了出来。'这篱笆筑得不坏。'黑人说，'等等，'他又说，'我叫你们看件东西。'他说着又飞了回去，跨进小屋，随即又走了出来。赫尔曼·巴斯克特说他抱着一个新生的婴儿，他把婴儿举得高高的，让我们能够从篱笆上看见他。'你们觉得这回的这个颜色怎么样?'他说。"

　　祖父显然是等急了，他又在催我了，这一次我马上站了起来。夕阳西下，已经落到桃园背后了。当时我才十二岁，似乎觉得这个故事朦朦胧胧，没头没脑，无根无由。但我听从了祖父的喊声，这倒不是因为厌烦山姆·法泽斯的唠唠叨叨，而是以一个孩子的率直本能，对不甚了解的事情一避了之；我们以孩提的天赋对祖父言听计从，并非出于怕他烦躁或者申斥，而是因为我们都相信他素行侠义，都相信他那逐渐苏醒的生命是由一幅又一幅壮丽（也许稍嫌夸张）的图景组成的。

　　他们都已经在车上等我了。我刚上车坐下，辕马像是等待不及似地飞奔起来，我想它们是急于回厩了。凯蒂钓到一条小鱼，大小和马铃薯片差不多。马车行驶着，辕马已经撒腿飞奔了。经过斯托克斯先生的厨房时，我们闻到一股烹调火腿的香味，那香味一直把我们送到庄园大门。我们转上回家的大路时已近日落，不复嗅到火腿香味。

"你和山姆谈了些什么啊？"祖父问。

马车继续向着前方飞奔，我们笼罩在薄暮时分一片奇异的、有点不祥之感的阴影中，我相信我还能够看见身后的山姆·法泽斯坐在木墩上，他的表情清晰、滞呆、轮廓完整，就像是博物馆中看到的一件长期保存在防腐剂中的标本。不错，就是标本。我当时才十二岁，我还必须等待，直到我经历并且超越黄昏的那片阴影，才能理解这一切。只是，到了那个时候山姆·法泽斯早已作古了。

"没什么，爷爷，"我说，"我只是随便聊聊。"

夕阳

　　杰弗生的每天都很相似，包括周一。街上的树木不断地被电话公司和电力公司砍倒，那些刺槐、榆树、水橡和杨树都被一个个铁杆取代，上面则挂着一串又一串死气沉沉又肥硕的葡萄。每到周一清晨，总会有一辆洗衣房的车去各家各户收集脏衣裳，那辆车喷着鲜艳的漆，带着那些脏衣裳来到吵闹机敏的电动喇叭后面，很快消失不见，只留下车轮轧过沥青地面的声响，那声音像撕裂的布料一样，越来越弱却一直持续。那些黑人妇女也纷纷效仿，不再使用老方法，而是用汽车收取与递送衣裳了。

十五年前，每个周一的清晨，街道随处可见黑人洗衣妇女们。她们用头巾裹住了头，将一捆捆衣裳叠好，并用单子包裹起来固定在头上，接着穿过尘土飞扬的街道。她们顶着这些棉花包一样大的衣裳，甚至不敢用手扶一扶，只能一路从白人家的厨房走到"黑人坑"，最后放在家里那有些发黑的洗脸盆边。

南希身材高挑，颧骨突出，嘴那里因为缺牙变得有些瘪。她习惯先把衣裳包顶起来，接着在上面放上她的那顶水手草帽，这帽子无论冬夏她都戴在头上。我们偶尔会与她一同走，从胡同与草场中穿过，看着那个衣裳包和草帽始终安安稳稳地顶在她头上。无论她从水渠那里爬上爬下，还是从栅栏下弯腰走过，那顶帽子竟然一点也不会晃。她的脑袋用力地向上抬起，四肢着地地爬过渠沟之后，才站起来继续走，头顶的衣服包一直稳如泰山，一动不动。

很多洗衣妇的男人都会在取送活儿上帮忙，耶苏却绝不会，他不会帮助南希。那时爸爸并没有阻止他来我家，南希因为迪尔西生病来我家做饭，可耶苏却依旧没有帮忙。

每次轮到南希做饭的时候，我们总要从胡同中穿过去，去她家里找她尽快来做饭。耶苏是个脸上有刀疤，且身材很矮的黑人，爸爸不让我们与他有太多接触。每次我们都停在水渠旁边，捡起石头向她的房屋砸去，南希总会不着寸缕地走出来，头倚靠着门，问道："小孩子们，你们要做什么？为什么砸我家的房子？"

凯蒂回答："爸爸让你赶快去做早饭，你已经迟到半小时了。"

"等我醒了再说吧，做什么早饭。"南希说。

"爸爸告诉我们你喝醉了。"杰生说，"我也觉得你醉了，是不是，南希？"

南希回答："我才没喝醉，我要去睡觉了，才不管什么早饭不早饭的呢。"

我们扔了一会石头就不再理会了，只能返回家里。南希来的时候已经很晚了，我们上学也迟到了，所以我们才固执地认为她在喝酒。那天，南希又被抓了起来，即将被送到监狱，中途，她遇到了斯托瓦尔先生，这人是浸礼派教会的执事，又是银行出纳。她问道："白人，你已经三次没给我钱了，你什么时候付钱给我？"

斯托瓦尔先生将她打倒，南希却继续问道：

"白人，你什么时候付钱？我们已经有三次……"

斯托瓦尔先生向她的嘴上狠狠踹去，好在警官及时阻止了他。

南希躺在地上大笑，接着，她转开脸吐出了嘴里的血沫和断掉的牙齿，又说："三次他都没给我钱，一分钱都没给我。"

她就是这样被打掉牙齿的。一整天，南希和斯托瓦尔先生的事都成为人们谈论的焦点。那晚，南希在监狱中唱歌号叫，从旁边经过的人都能听见。他们停在栅栏前看她的热闹，看守卫想尽办法折磨她。她不停地叫喊，用手扒着铁栅栏，一直叫喊到快要天亮。守卫听见楼上传来奇怪的声音，像是撞击和摩擦的声音，便上楼查看，原来南希竟然吊在了窗口的栅栏上。他觉得她不是因为喝了威士忌，而是可卡因的缘故，她这样的做法已经不像是个黑人了。

南希将自己的衣裳做成了绳子才上吊的，她做得倒是很稳妥。看守弄断了衣裳救了她，之后就用鞭子抽打她。南希被抓的时候只穿了一件衣裳，没有什么可以绑住她的手，所以上吊的时候，她的两只手紧紧地抓着窗台，这才弄出了声响被看守听到。看守上来的时候，发现南希一丝不挂，肚子像个气球一样微微隆起。

迪尔西生病的时候，南希负责来我们家做饭，她穿着围裙，肚子那里有些鼓。耶苏当时还没有被禁止来我家，他正坐在厨房的炉灶后面，脸上的疤痕显得有些肮脏，像是一截黑线。他告诉我们，南希藏了个西瓜在围裙里。

南希说："总之，这西瓜不是你这条藤上结的。"

凯蒂问："什么意思？"

耶苏说："不过我却能把那条藤斩断。"

"只知道吃不干活，为什么要对孩子们说这些？等着杰生先生看到你只会闲逛教坏孩子吧！"

凯蒂又问："什么意思呀？什么是藤？"

"白人能去我家厨房呆着，我却无法在白人家里闲逛。他想去我家的时候就去，我没办法拦着，他也别想着让我出去。"耶苏说。

迪尔西病了很长一段时间，一直卧病在床，爸爸禁止耶苏再来我家里。

吃完晚饭，妈妈在书房里问我们："厨房有没有收拾完？那些餐具还没洗完吗？"

爸爸吩咐昆丁去看看，让她忙完之后直接回家。

我去厨房的时候，南希坐在冰冷的炉子旁边的椅子上，早已经熄了火收好了碟子。

我对她说："我妈问你是不是忙完了。"

她看着我回答："忙完了。"

我看她一直盯着我，就问："怎么了？"

她戴着水手草帽，坐在冷炉子旁边看着我，回答："我是个黑鬼，可这不是我想要的。"

厨房里，碟子盘盏都收拾了起来，只有冰冷的炉子。

它不再温暖快乐，甚至连吃饭的人都没有，只剩下冰冷的炉子。

我回到书房中，妈妈问道："她忙完了？"

"是。"

"她在做什么?"

"她忙完了,什么也没做。"

爸爸说:"我去瞧瞧。"

"也许她在等着耶苏接她回去。"凯蒂说道。

我说:"耶苏走了。"

记得南希对我说过,某天她睡醒的时候,耶苏就离开了,她说:"他走了,他可能去孟菲斯了,估计是想躲开镇上的那些警察。"

爸爸说:"我倒是希望他可以留在这里,不过他走了也清净。"

杰生说:"南希害怕黑。"

"你也怕。"凯蒂说。

杰生说:"我才没有。"

凯蒂说:"胆小鬼。"

杰生说："我没有。"

"闭嘴，凯丹丝。"

爸爸回来了，说：

"我去送南希，耶苏回来了。"

"他们见面了吗？"

"没有，一个黑人告诉她，说耶苏回来了，我去去就来。"

"你把我自己留在家，却要去送南希？她的安全难道比我更重要？"

"我去去就回。"爸爸说。

"你就这样把孩子们也丢下了去送她？那个黑鬼就在这附近。"

凯蒂说："爸爸，我也要和你一起去。"

"我们雇佣了黑人，就应该负责到底。"

杰生说："爸爸我也要去。"

"杰生!"妈妈虽然是对杰生说话,可却是对着爸爸的,她的语气很不好。

她一直觉得爸爸整天故意惹她不高兴,而且总是费尽心思地做那件事。爸爸和我都清楚,妈妈只要想到了,就会让我留下陪她,毕竟在这几个孩子中,我九岁,年龄最大。凯蒂七岁,杰生五岁。

"我们去去就回,别闹了。"

我们一同穿过了胡同,南希戴着帽子边走边说:"耶稣对我不错,哪怕他只有两块钱,也会分一块给我。"

胡同里漆黑一片。

"记得在万圣节之前,杰生从这里走的时候被吓破了胆。"凯蒂说。

"我才没有。"杰生说。

南希说:"从这条胡同走出就好了。"

爸爸问:"雷切尔大婶可不可以劝劝他呢?"

雷切尔大婶就在南希隔壁住着,她年纪很大,头发花白,一个人独居。每天在房间里抽烟，无所事事。

有人说耶稣是她的儿子，她有时候会承认，有时候却坚决否认。

凯蒂说："你就是害怕了，你比弗洛尼、T. P 和黑鬼们都害怕!"

南希说："谁也管不了他，他说是我激发了他的恶魔本质，唯有一个法子能让它冷静。"

爸爸说："好在他现在走了，你不用再害怕什么了，以后离那些白人远一点。"

"为什么离他们远一点？怎么能离他们远一点？"凯蒂问。

南希说："我觉得他就在周围，哪里也没去，就在这条胡同里。他听得清我们说的每一句话，但我却没办法看到他，今后也一样。也许他某天会拿出他衬衣里的那把剃刀出现，我想我不会感到惊讶的。"

杰生说："我那天才没有害怕呢!"

爸爸说："你如果不这么放荡，也许就不会发生这些事。

好在他现在不在，说不定他在圣路易斯，可能已经结婚了，早已经忘掉你了。"

南希说："如果他真这样做了，最好不要让我知道，否则他只要抱她，我就会砍断他的胳膊，他的脑袋，剖开那女人的肚子，我……"

"嘘……"爸爸阻止她继续说下去。

"南希，你要剖开谁的肚子啊？"凯蒂问。

杰生依旧在说："我可以自己走这条胡同，我才不害怕呢！"

"哼，如果我们都不在这里，你肯定不敢迈出一步。"

迪尔西一病不起，我们就这样一直送南希回家，可妈妈却不乐意了，她说：

"你们把我一个人丢在这个大房子里，却送一个胆小的黑鬼回家？你们究竟要送到什么时候？"

我们只好给南希在厨房搭建了个临时居住的地铺。

一天晚上，我们被奇怪的声音吵醒了。

那声音不像唱歌，也不是哭泣，它从又阴又暗的楼梯间传来。

妈妈的房间里还开着灯，爸爸则从过堂穿过，又下了楼梯。

我们跟着走到了过堂里，侧耳倾听，那声音是黑人经常发出来的声调，像唱歌一样。

地板很冷，我们尽量蜷着脚趾头不碰。

过了没多久，声音停了。

爸爸从楼梯上走了下来，我们恰巧走到了楼梯口，那微弱的声音又开始响起。南希紧紧地贴着墙，在楼梯中央看着我们，像只敏锐的猫。当我们走到她身旁的时候，她才不再出声。爸爸从厨房中走了出来，拿着枪和南希去取她的行李，我们则一直站在那里。

我们让南希在我们的房间里打地铺，等到妈妈房间的灯熄灭了之后，南希的眼神又变得清晰起来。

凯蒂低声问道："南希，你睡着了吗？"

南希不知说了句什么，声音很小，听得并不真切。

那声音缥缈得仿佛从虚空中传来的，最后又消失于无形之中，她这个人就像消失了一样。仿佛我们紧盯着她的眼睛，她的眼睛就会在我们眼中永久留存一样。正如我们看不到太阳的时候，太阳却依旧在我们眼睛里。

南希轻声说道："耶苏啊。"

凯蒂问他："刚刚那个人是耶苏吗？他是想进入厨房吗？"

南希又说："耶苏啊。"她说得很慢，把每个字拖得很长，最后声音消失了，仿佛是燃尽了的烛火。

我说："她说的耶苏是另一个人。"

凯蒂低声又说："南希，你能看到我们吗？你能看得到我们的眼睛吗？"

南希说："上帝知道，我只是个黑鬼。"

凯蒂继续小声问她："厨房里究竟有什么呀？你能看到什么？"

"上帝知道。"南希一直反复地说着这样的话。

迪尔西的病有所好转，她来我们家里做午饭，爸爸劝她说："你可以继续休息一两天。"

"为什么？我要仔细收拾收拾我的厨房，再拖一两天，这厨房就会被毁掉了。"

迪尔西又做了晚饭，当天晚上，南希进入了厨房，那时天刚有些黑。

迪尔西问她："你都没看见他，为什么说他回来了呢？"

杰生说："耶苏是个黑鬼。"

南希回答："我有预感，我感觉他就躲在沟渠中。"

"今天晚上他就在那里吗？"杰生说道："迪尔西也是个黑鬼。"

"先吃饭吧。"迪尔西说。

南希说："我不想吃任何东西。"

杰生说："我可不是什么黑鬼。"

迪尔西为南希倒了杯咖啡，随口问她："喝杯咖啡吧。不过你怎么知道他晚上在外面呢？今天晚上就在吗？"

南希确定地回答："我和他一起生活了那么久，当然知道他想做什么，有时候连他自己都不清楚，我却清楚。他就在那里等着呢，我清楚。"

迪尔西把咖啡递给了她，说："喝杯咖啡吧。"

南希举着咖啡杯慢慢吹着，她的嘴唇撅了起来，上面的血色竟像是被吹掉了一样。

杰生说："我不是黑鬼，南希，你是不是黑鬼？"

南希回答："孩子，我是从地狱里长大的，不久之后，我就会离开了，就什么都不是了。"

她双手捧着杯子喝咖啡，又开始对着被子叫唤。咖啡洒了出来，弄到了她的手上和衣服上，到处都是。

她的手肘支撑着膝盖，边发出那种奇怪的声音，边隔着水杯看向我们。

"迪尔西的病好了，南希就不能给我们做饭了。"杰生说。

南希手捧着杯子一直盯着我们，嘴里仍发出那奇怪的声音。好像她分裂出了两个人，一个在朝着我们低声叫着，另一个则坐在那里看着我们。

迪尔西问她："你可以请杰生先生打电话给警官的，为什么不呢？"

南希不再低叫，她捧着杯子，想再喝点咖啡，但咖啡又溢了出来，在她的手上衣服上洒得到处都是，她只好放下了杯子。

"可我咽不下去，我尝试了，它不肯下去。"

迪尔西建议："你明天去我家里住吧，我一会儿回去让弗洛尼打个地铺给你。"

"黑人都拦不住他的。"南希说道。

"迪尔西，我不是黑鬼，对吗？"杰生问道。

"你们应该不是，"迪尔西回答之后看向南希，又说："不一定，接下来你怎么办呢？"

南希紧紧地盯着我们三个人，仿佛只要移开视线就失去了机会一样。

她忽然问道："我在你们房间里的那天，还记得吗？"她回忆起第二天早上的事。

我们如何醒来，如何一直在她的地铺上悄无声息地默默地玩。

爸爸醒了之后，她去做早饭，对我们说："我想在这里过夜，不要地铺也可以的，我们可以一起玩，你能求求你妈妈吗？"

凯蒂和杰生一同去找妈妈，可妈妈却说："不行，黑人绝不可以在我家的卧室里睡觉。"

杰生哭个不停，妈妈有些烦了，吓唬他：

"你如果再哭一声，我就三天不让你吃甜点心！"

当时杰生说，如果迪尔西可以做个巧克力蛋糕给他，他就不哭了。

当时爸爸也在那里，妈妈问他：

"你为什么不找警察想办法呢？"

凯蒂问："妈妈，南希为什么害怕耶苏？你害怕爸爸吗？"

"他们什么都做不了，"爸爸回答，"南希根本没看到耶稣，警官也没办法找到他。"

"那她还害怕什么？"

"她说她知道他就在那里，今晚就在那里。"

妈妈说："你们去送那个黑人女人回家，我却要留在这个大房子里担惊受怕。"

爸爸说："我并没有在外面拿着剃刀守着啊。"

杰生哭着说："如果迪尔西做巧克力蛋糕给我，我就不哭。"

妈妈让我们全部出去。

爸爸告诉杰生："今晚你能不能吃到蛋糕我不清楚，可你继续这样闹下去，很快就要吃苦头了。"

我们回到了厨房，把刚刚发生的事一五一十告诉了南希。

凯蒂说："别害怕南希，爸爸让你回家把门锁上。可是，你为什么害怕耶稣呢？你们两个吵架了吗？"

南希坐在那里，胳膊肘撑着膝盖，双手捧着咖啡杯，愣愣地看着咖啡。

凯蒂又问："你做了什么让耶稣生气的事？"

南希手一抖，咖啡杯应声落地，虽然没有摔碎，里面的咖啡却洒得到处都是。

南希维持着捧水杯的姿势，一动不动，又开始叫了起来，声音很低，像唱歌一样。

迪尔西阻止她说："你别自己吓唬自己了南希，不要叫了，你等着，我让威尔逊送你回去。"

南希的肩膀一直颤抖着，不过却没有再叫。

凯蒂又问她："耶稣会对你做什么呀？"

南希不回答，紧盯着我们问道："我在你们房间里的那天，我们玩得很高兴是不是？"

"不，我一点也不高兴。"杰生回答。

凯蒂说："你根本没有和我们在一起，你在妈妈的房间里呢。"

南希说:"晚上你们都来我家里吧,我们一起玩。"

"不,太晚了,妈妈肯定不会同意。"我说。

南希说:"别告诉她,等过了明天再说,她不会不高兴的。"

我说:"她不可能同意的。"

"现在不要告诉她,不要现在说。"

凯蒂反驳:"她没有禁止我们去南希家。"

"因为我们没有问过这个问题。"我说。

杰生说:"如果你们去南希家里玩,我就去对妈妈说。"

南希说:"我家里有很多好玩的,他们不会介意的。这段时间我一直在你们家里工作,他们肯定会同意你们的。没事的。"

凯蒂说:"我不介意去你家里,可是杰生会去告诉妈妈的,他害怕。"

"我才不怕呢!"杰生说。

"你肯定会去告密的。"

两个人无休止地开始争辩。

南希最后说："我跟你们一起走，杰生就不会害怕了。"

我们从胡同和草场穿过，那条胡同依旧那么黑那么暗。

凯蒂说："他肯定会害怕的。如果身后有东西跳出来，杰生肯定要第一个被吓破胆。"

"才没有。"杰生说道。

南希边走边和我们说话，声音很大。

凯蒂问她："南希你为什么这样大声说话？"

"我？听啊，昆丁、凯蒂和杰生都说我的声音很大。"

凯蒂说："你的声音大得像是我们这里有五个人，就像爸爸也在这里一样。

"我的声音很大吗，杰生先生？"南希问。

凯蒂说："南希为什么要叫杰生'先生'啊？"

南希说："听听你们几个的说话声音。"

"我们的声音一点也不大，你的声音才大，像爸爸一样。"

"杰生先生，快别说话了，别说话。"

"南希又在叫杰生'先生'了。"

"嘘——小点声。"南希说。

我们从她顶着衣裳包的渠沟和栅栏那里走过，她边走边大声地讲话。

我们步伐飞快，很快就到了她家里。南希把屋门打开，里面满是油灯的味道，她自己的味道则像个灯芯，这两种味道像是彼此期盼了许久一样，很快就合在了一起。

南希闩好了房门，又点燃了油灯，转头与我们对视。

凯蒂问："南希，我们要做什么呢?"

南希反问："你们想做什么呀?"

凯蒂说："你告诉我们你家有好玩的。"

房间里除了南希和房子的味道，还有其他的味道，很容易就能闻到，就连杰生都闻得到。

杰生说："我想回家，我不愿意继续呆在这个房子里了。"

"那你赶快走。"凯蒂说。

杰生说："我不能自己一个人回去。"

南希说："我们可以好好玩了。"

"怎么玩？"

南希目光空洞地望着我们，又问：

"你们想玩什么？"

"那你给我们讲故事吧？你会吗？"

"会。"南希回答。

"那你给我们讲吧。"凯蒂说。

"你根本没有故事。"我们看着她说。

"不，我有故事。"南希说。

炉子里有一点点火星，南希把椅子拖到炉子前面坐了下来，又添了些柴火。

火焰剧烈地燃烧起来，她开始用同样的眼神和神情给我们讲故事，好像开始分裂了一样，她真正的身体在房间外面等候着，而为我们讲故事的嘴巴是其他人的，包括她的声音和影子。

"坏人藏在渠沟了，王后从那里走过，她默默地说'希望我能平安无事地走过去。'……"

"是和外面一样的渠沟吗？王后为什么要去那里呢？"凯蒂问。

"因为她要回家，如果想尽快回到家里闩上房门，她就要从那里经过，从渠沟那里过去。"

凯蒂又问："可她为什么要回家并闩上房门呢？"

南希看着我们不说话了。

杰生坐在南希的腿上，两条腿从短裤中向外伸出，他说：

"我不喜欢这个故事,我还是回家吧。"

凯蒂也站了起来,说:"我们确实要回家了,他们肯定在到处找我们。"

南希急匆匆地走了过来,阻止了凯蒂:"不要开门,不要!"

凯蒂问她:"为什么不能开门啊?"

南希说:"咱们好好玩吧,去油灯那里,你们别走。"

凯蒂和她走到炉子和油灯的旁边,说:"你如果给我很多好玩的,我们就不走了。"

杰生说:"我要回家,把这件事告诉妈妈。"

南希站在烛灯旁边,目光笔直地望着凯蒂,又说:"我再给你们讲个故事。"

杰生拒绝:"我不听我不听。"

凯蒂赞同:"希望这次的故事比刚才的好,它是关于什么的?"

南希把手从灯罩上面移开，灯光映在那双手上，显得它们更加修长。

凯蒂阻止她的做法："你不烫吗？快把手移开。"

南希慢慢地移开了手，细长的手指拧来拧去，她紧盯着凯蒂。

"我们做点其他的事吧。"凯蒂说。

"不，我要回家了。"

南希的目光从我们三个人身上移来移去，又说："我家里有玉米。"

杰生说："我想吃糖，我才不要爆米花。"

南希依旧在拧着她那细长又疲惫的手，对杰生说："你可以拿着爆玉米的锅。"

杰生这才同意："那好，我就在你家再呆一会儿，不过我一定要拿着锅，不能给凯蒂，否则我就回家。"

南希把柴火弄旺了一些，凯蒂说道："南希，你为什么把手伸到火里呢？"

南希重复地说着："我有，我有玉米。"

接着，她又从床底下拿出锅，可是锅却坏了，不能用了。

杰生看到之后就哭了起来，哭着说："我们不能爆玉米花了。"

凯蒂说："昆丁，我们走吧，我们要回家了。"

南希连忙阻止了我们，又说："我能把锅修好的，你们再等等，你们可以和我一起修锅啊！"

凯蒂说："时间太晚了，我已经不想吃爆米花了。"

"那么你呢，杰生？你也不来帮我修锅吗？"

杰生摇头拒绝："不要，我也要回家了。"

南希用一根铁丝去绑锅，边做这些事边说："小点声，我可以修好的，修好了之后杰生就可以爆玉米花了。"

凯蒂说："你肯定绑不好的。"

"肯定能绑好，你们帮我准备玉米吧？"

我们从床底下翻出玉米，把玉米粒放到锅里，南希和杰生把绑好的锅架到了火上。

杰生说："一点也不好玩，它都不爆，我要回家。"

南希坐在火旁边，继续说着："你再等等，它很快就会爆了，想想就有意思。"

油灯还是冒出了黑烟，因为它的捻儿太高了。

我问南希："你怎么拧这么高的灯芯?"

南希说："我可以擦干净，没关系，玉米快要爆开了，再等等。"

凯蒂说："无论如何我们都要回去了，再不回家他们肯定会急坏的，而且玉米肯定不会爆开的。"

南希再次阻止："玉米很快就会爆好的，你们再等等。迪尔西应该已经告诉你们的爸妈了，他们不会着急的，毕竟我在你们家里工作很久了。"

黑烟飘了出来，飘进了杰生的眼睛里，他大声哭着，将锅丢进了火里。

南希用湿布擦着杰生的脸，可却止不住他的哭泣，她哄着他：

"别哭了，别哭了。"

凯蒂把锅拿了出来，看着那些烧焦了的玉米，对南希说道：

"要加点新的玉米了。"

南希问："这是全部的玉米吗？"

"是的。"凯蒂回答。

南希将锅里的玉米渣子全部倒进了围裙里，用修长的棕色的手指在里面翻来翻去，最后挑出一些玉米粒，说道："你们看，这些玉米没有烧焦，我们……"

杰生说："我要把这件事告诉妈妈，我要回家。"

南希忽然看向紧闭的房门，她的眼睛里倒映着那团红色的火焰，她说："嘘，有人来了。"

南希坐在火炉前面，两只手垂在膝盖上，又开始叫起来，那声音虽然不太高，听起来却有些奇怪。

忽然，她开始流汗，大滴大滴的汗珠倒映着火红的光芒，像是一颗颗火球从她的脸上、下巴上滴下来。

我说："她没有哭。"

南希紧紧地闭着眼睛，说，"是的，我没有哭，外面是谁?"

凯蒂走到门前，向外看了看，说："是爸爸来了，我们要回家了。"

杰生说："你们非要让我来，我去告诉爸爸。"

南希依旧流着汗，她转身对着我们，说：

"去告诉你们的爸爸，你们在我家里很高兴，说我能照顾你们。让他同意我去你们家里住，可以不要地铺，我们还能一起玩。你们上次不是很开心吗?"

杰生反驳："我一点也不高兴，眼睛疼，烟熏了我的眼睛，我要告诉爸爸。"

爸爸进来了，看向我们。

南希依旧坐着，对我们催促道："快对他说。"

杰生说："我根本不想过来，是凯蒂让我们来的。"

爸爸在火炉旁边停了下来，对南希说道："你去雷切尔大婶那里吧。"

南希双手放在膝盖上，仰着脸看向爸爸，不回答。

爸爸又说："我没瞧见他，他肯定不在这里。"

南希说："他在渠沟里等着，我知道。"

"你怎么知道，瞎说什么!"

南希说："我看到了。"

"看到了什么?"

"一个带着血肉的猪骨头放在桌子上，就在这盏灯的旁边。他在外面，等你们离开了以后，我就会去西天的。"

凯蒂问："南希你要去哪儿?"

杰生说："我没有告密。"

爸爸说："别胡说。"

南希说："他就在外面呢，他就站在窗口盯着我们，等你们走了，我肯定是要去西天的。"

爸爸说："别瞎说，我们把你送到雷切尔大婶家里，你去锁门。"

"没用的，这样做一点用都没有。"南希低下了头，那细长无力的手指依旧不住地扭动着。

爸爸问她："那要怎么做？"

南希摇头，回答："我不知道该做什么，我知道做什么都没有用。这是命中注定的，我肯定会遇见这种事的。"

凯蒂问："你遇见了什么事，又注定了什么事？"

爸爸对我们说："你们回去睡觉，什么事都没有。"

杰生说："是凯蒂让我来的。"

爸爸说："我们送你去雷切尔大婶家里。"

南希坐在火炉边上，两只细长的手放在膝盖上，说：

"就算我住在你家的厨房里，你孩子房间里的地板上，都没用的。第二天一早，我还是会躺在那里，血……"

爸爸说："闭嘴，去锁好门，把灯熄灭，睡觉去。"

南希说："我不想熄灯，我害怕黑暗，黑暗的时候会发生很多事。"

"难道你要一直点着灯等到天亮?"爸爸问她。

南希坐在火炉边，双手放在膝盖上，又开始不停地低叫。

爸爸咒骂了一声，"该死的，走吧孩子们，太晚了，你们都回去睡觉。"

南希的面容和手终于平静下来，对我们说道："你们离开这里以后，我肯定是要去西天的，不过幸好我在洛夫雷迪先生那里留下了买棺材的钱。"

洛夫雷迪是个又脏又矮的男人，他每周六早上都去黑人家里转悠，专门从黑人那里收取保险费，每人十五美分。他和他老婆在旅馆住着，直到有一天早上，他老婆自杀了，于是他就带着他的孤儿走了。两周之后，他自己一个人回来了，每到周六早上，我们又可以在附近的胡同或者街上再次看到他。

爸爸说："不要乱说，明天早上你肯定会第一个出现在我家的厨房里。"

南希说："你会心愿达成的，不过上帝才知道会有什么事发生。"

南希依旧坐在火炉边，我们准备走了，爸爸让她来关门，她却一动不动，就那样坐在油灯和火炉之间。

我们穿过胡同，走了一段距离回头看去，房门大敞四开，她还是那样坐在那里。

凯蒂问："爸爸，会发生什么事呢？"

爸爸背着杰生边走边说，"没什么。"

杰生比我们任何人都要高，经过沟渠的时候，我向下看去，里面除了月光和阴影，什么都没有。

凯蒂说："耶苏如果藏在这里，他肯定会看到我们的。"

爸爸说："他早就离开这儿了，不会在这里的。"

杰生趴在爸爸的背上，说道："我一点也不想来，是他们非要让我来的。"杰生的脑袋和爸爸的凑在一起，一大一小，看起来像有两个脑袋一样。

我们跨过沟渠，回头看去，南希的房子和那敞开的门还清晰可见，可她的身影却看不见了。

南希在炉火旁坐着，不顾大门是否敞开，她疲惫地说："我太累了，我是个黑人，可这不是我的选择。"

当我们从沟渠走过的时候，南希又开始发出低叫声，像唱歌一样。

我问爸爸："爸爸，我们的衣裳以后由谁来洗呢?"

杰生趴在爸爸的头顶上，说道："我不是黑鬼。"

凯蒂说："你这个告密的，你比黑人还要坏呢。如果这里突然跳出什么来，你肯定比黑鬼还要害怕。"

杰生说："我才不会呢。"

凯蒂说："你肯定会哭嚎的。"

爸爸喝住了凯蒂："凯蒂!"

杰生说："我才不会呢。"

凯蒂说："胆小鬼。"

爸爸又喊了一声："凯丹斯!"

殉葬

　　两个印第安人从庄园中走过，向黑奴们的住所走去。相对而建的两排房屋，虽是用粗砖砌成的，看起来却很干净，部落的奴隶们就住在这里。两排房屋中间是一条阴凉的小巷，满地都是光脚走过的印记，或深或浅的，尘土中还躺着几个手工玩偶，却并没有任何人在那里。

　　一个印第安人说："我一猜就是这样。"

　　"混蛋。"另一个人说。

　　刚好是晌午，到处都空荡荡的，巷子里、小屋的门洞里，哪里都找不到个人影儿来。那些涂抹着灰色泥巴的带有裂缝的烟囱，也没有一丝一毫的炊烟飘出来。

"咱们酋长的老爷子过世的时候，也和现在差不多。"

"那是已故酋长。"

"哦，是的。"最开始说话的印第安人大概有六十岁了，叫三筐，他将一个彩色的鼻烟壶戴在耳朵上充当耳坠。

他们两个人都是矮矮的，大脑袋大肚子，脸庞宽宽的，颜色像泥土一般，明显是"自由民"的模样。他们的神色有些迷迷糊糊的，就像暹罗或者苏门答腊一堵破落墙壁上雕刻着的头像，在薄薄的雾气中若隐若现。他们的头发就像被烧毁的土地上破土而出的芦苇。

"我总说这种方式不行。以前这里没有黑人没有房子的时候多好啊，我们多自由啊，想做什么做什么。可现在呢，我们把时间全部浪费在这些黑人身上，还要给他们安排工作，这些人只要一干活就一身臭汗。"

"他们就像马像狗一样。"

"他们什么也不像，也不在意任何事，就喜欢出一身臭汗，简直比白人还要讨厌。"

"酋长不会自己给这些人找工作做吧?"

"差不多，反正我反对养奴隶，也不喜欢这种做法。以前的日子不错，现在根本不行。"

"你也没见过以前什么样子吧?"

"我听人家说过。现在这样我是受够了，人就不应该经常出臭汗。"

"就是啊，瞧瞧他们的皮肉，就是经常出汗弄的。"

"对啊，又黑又苦的。"

"苦的? 你吃过?"

"年轻时吃过，那时候胃口好，现在可不比以前了。"

"也是，他们现在都变得值钱了，吃了就不划算了。"

"我不喜欢那肉的味道，很苦。"

"如果白人用马换这些黑人，那吃了就不划算了。"

他们两人走进小巷。石阶下面长满了青色的苔藓，叉着羽毛的木削布缠，和神像似的软塌塌的玩偶，破烂的盘盏和肉骨头混在一起，零散地落在尘土之中。小屋和门洞里都没有人，从昨天伊塞梯贝哈过世之后，情况就一直是这样，他们来之前就已经猜到了。

正中央的房屋是最大的，黑人们每到特别的夜晚，都会选在这里进行祭礼。到了黄昏之后他们再去小溪的洼地上，他们把鼓藏在了那里。房间里摆着很多小东西，包括祭祀用的神秘器具，以及红泥涂抹成标记的祭祀用的树枝。屋顶上有个洞，房间中央有一个架着铁锅的炉子，炉子里的灰已经凉了。

房间里的百叶窗都是关着的，两个印第安人从迫人的阳光中走进来的时候，眼前忽然一片黑暗，眼睛一瞬间什么都看不见了，隐约觉得房间里有许多滴流乱转的眼珠，乍一看以为是满屋子的黑人。

两个印第安人在门前停了下来，三筐说道：

"我觉得这样做很不好。"

另一个说："我没办法在这地方继续待下去。"

"那是因为这股味道，黑人害怕时产生的味道，我们就不会这样。"

"我真没办法待下去了。"

"你害怕时也会产生这种臭味了。"

"那味道应该是伊塞梯贝哈的，他死之前就猜到咱们今天会来这里，他心里清清楚楚咱们会扑个空。"房间里一片黑暗，一双双眼睛不停地转动，那种独属于黑人的味道也充斥着房间。

三筐对着房间里的人说道："我是三筐，奉酋长的命令而来，你们应该知道。我问你们，我们要找的那个人还在这里吗？"

没人回答。只有那种臭味一直存在着，起起伏伏的，在这静止的空气中越来越清晰。他们像是在思考什么事一样，一件意想不到的事。他们好似露出树根的大树，或是一条章鱼，泥土被翻开的时候见到了阳光，那种盘根错节的臭味郁结难舒。

三筐随后又说道："你们应该知道我们的工作，我们要找一个人，他逃走了。"

另一个人说:"我真的没办法待下去了,他们究竟在想什么呀?"

三筐说:"他们应该清楚真相。"

"你的意思是,他们把那个人藏起来了?"

"没有,他昨天晚上就逃走了。以前发生过这种事,酋长爷爷过世的时候,我们用了三天时间抓那个人,杜姆就三天没闭上眼,一直絮絮叨叨地说:'我的马和狗都能看见,可我的奴隶在哪儿呀?我没办法咽气啊,你们把他怎么样了?'"

"他们一点也不想死。"

"可不是嘛,这些人不理解荣誉,也一点都不体面,总会给我们捣乱找麻烦,都是牛脾气。"

"这地方真没办法待下去了。"

"我也一样,只不过,他们都不了解尊风重俗,都是野蛮的人,这种方法对他们根本行不通。"

"他们确实都是牛脾气,宁可在烈日下做苦工,也不愿意为酋长陪葬。又一个人逃走了,这可真是……"

黑人们都没有出声，可目光却愤怒而压抑，那种臭气变得更加浓郁了。

另一个印第安人说道："是啊，他们都害怕了，我们接下来怎么做啊？"

"只能回去禀报酋长了。"

"莫克土贝会听我们说这件事吗？"

"虽然他不愿意管这种事，可他现在是酋长，不听又能怎么办？"

"是啊，他是酋长了，他能一直穿那双红跟鞋了。"两个人说完就出去了。

这里的房屋只有门框，并没有门，所有的房间都是这样。

三筐说道："他早就穿过。"

"他是偷偷穿的，伊塞梯贝哈没看见，不过现在他是酋长了，那双鞋就是他的了。"

"是啊，当时伊塞梯贝哈还有些生气，据说他当时对莫克土贝说：'以后你成为酋长的时候，这双鞋才是你的；可你现在不是，就没有资格穿它。'不过莫克土贝现在当上酋长了，这双鞋理所应当归他穿了。"

另一个人说："他以前总是偷偷地穿这双鞋，也不知道伊塞梯贝哈知不知道。因塞梯贝哈还这么年轻就去世了，莫克土贝接替了他，也得到了这双红跟鞋，你怎么看这件事？"

三筐说："我才不去想呢，你怎么看？"

另一个人说："我也没想过。"

三筐说："嗯，这样才对。"

酋长府修建在一个栽满栎树的土墩子上。它的正面是一艘轮船的舱面船室，这艘船还是伊塞梯贝哈的父亲杜姆弄到的。当时有一艘轮船在岸上搁浅，杜姆带着一些奴隶去那里拆掉了舱面船室，用柏树干制成车轮，用了五个月时间，走了十二英里才将这艘船从陆上拉回了家里。那时的酋长府不过是一堵砖墙，这艘船拉回来的时候就横靠在了墙上。现如今，这艘船的各处都已经掉漆破损，变得暗淡陈旧了。

杜姆是酋长家三个外甥的其中一个，他出生的时候只是个小酋长，是个"明哥"。他年轻时曾坐着龙骨船从密西西比河北段开始，进行了一次新奥尔良之旅。那是的新奥尔良还是属于欧洲人的，他认识了一位骑士，名为"舍尔·布朗迪骑士，德·维特雷"，这个人与杜姆的身份看起来很相称，从那以后，杜姆带着这个保驾护航的将军以全新的身份在新奥尔良河滨出现。他称自己为舅舅家的土地继承人，称自己为酋长、头人，而"杜姆"这个名字则是德·维特雷骑士给他取的。

这两个人整天在一起。一个是身材又矮又胖，粗犷野蛮的神秘的印第安人；一个是流落在外的巴黎人，有人说他认识卡隆特莱，也有人说他和威尔金森将军是好朋友。过了不久，这两个人一起消失了，任何地方都找不到他们的身影。不过他们的传闻却一直存在：有人说杜姆赢了特别多的钱，又带走了西印度有钱人家的一个小姐，据说杜姆消失之后，那个姑娘全家上下带着手枪找了许多杜姆曾去的地方，最后都没有结果。直到六个月后，这个姑娘坐上了开往圣路易斯的船，从那以后也消失不见了。

某天深夜，那艘船停靠在密西西比河北段的一个码头上，一个黑人侍女搀扶着姑娘从船上走了下来，她当时已经有了身孕，四个印第安人驱赶着马车到这里接她。马车走得很慢，第三天才到达庄园，那时的酋长府就是这堵砖墙。杜姆没有对她讲太多自己的事，他只说舅舅和表哥们都已经死了，他自己现在成为了酋长。酋长府很简陋，只有一个茅草屋顶，下面被分隔成几个房间，满地都是垃圾。外面有上万英亩林野，成群的鹿在那里生活，就像皇家猎苑一样。

　　杜姆在姑娘生下伊塞梯贝哈之前和她草草结了婚，一个巡回牧师为他们主持了婚礼，这个牧师同时还是个奴隶贩子。牧师有一头骡子，鞍子里除了一把布伞之外，还有一坛威士忌，足有三加仑。后来，杜姆模仿白人开始种地，又弄来许多奴隶，不过奴隶都没有工作可做。每逢杜姆请客的时候，他又搬出了非洲丛林的那套生活：放狗追赶着奴隶们，以此为节目作为娱乐。

　　杜姆后来过世了，他的儿子因塞梯贝哈刚好十九岁。他从杜姆手中接管了许多土地和黑奴，这些奴隶已经比之前翻了五倍，不过，他根本用不了这么多奴隶。伊塞梯贝哈只得到了酋长这个头衔，却没有得到实权，那些堂表兄弟和长辈们才掌管着整个部族。由于黑人太多，他们秘密举行了一次会议，表情凝重地讨论黑人的问题。

　　一个人说："吃掉他们并不是什么好法子。"

　　"为什么这样说？"

　　"人太多了。"

又一个人说："就是啊，一旦我们开始吃他们，就要把他们都吃掉，吃太多肉不太好。"

"黑人的肉应该和鹿肉一样吧，我觉得没什么。"

伊塞梯贝哈说："我们可以杀掉一部分，不过不吃肉。"

众人对视，最后有个人问道："为什么啊？"

又有一个人也问："最好不要这样。我们为他们花费了那么多心思找事做，杀了他们太可惜了。我们应该效仿白人。"

伊塞梯贝哈问："怎么做？"

"多开垦土地，多栽种庄稼，让黑人吃饱了以后多繁殖后代，然后再把这些黑人卖给白人换钱。"

又有人问道："换了钱能做什么？"

众人神情凝重地坐在那里想了许久。

前一个人才说："至于这些事，就以后再说吧。"

后一个人又说："按照你这样说，我们就需要干活了。"

前一个人说："让黑人去做吧。"

"就是，让黑人去做。干活就要出臭汗，弄得浑身上下湿漉漉的，毛孔都打开了晚上肯定要着凉的，一点也不好受。"

"是啊，让黑人们去做这些事，他们都喜欢出汗。"

后来，他们吩咐黑人去开垦土地，种植庄稼。

原来黑人的住所像个猪圈一样，被围在一个大围栏里面，围栏的一角搭了一个简陋的屋顶。现在，他们盖了许多房间作为奴隶的宿舍，又让年轻的男女黑奴住在里面。五年以后，伊塞梯贝哈用卖四十名奴隶的钱出了一趟海。他见到了舍尔·布朗迪骑士德·维特雷，这个曾经的骑士现如今已经老得不像样了。他带着假发，穿着背心，牙齿掉光，脸上也起了皱纹，他的表情很怪，好像很悲伤痛苦。伊塞梯贝哈借给他三百块钱，而他则介绍伊塞梯贝哈进入了另一个"圈子"作为答谢。

一年之后，伊塞梯贝哈从海外归来，将三样东西带了回来。一张描金大床，一对多枝烛台，一双红跟鞋。那对烛台据说蓬巴杜经常对着它梳妆打扮，而路易王每次都对着镜中自己的脸傻笑。红跟鞋有些偏小，他光脚惯了所以穿不下，若不是这次去新奥尔良,他才不会穿鞋。

　　这双红跟鞋被他用绵纸包得仔仔细细,里面又装了许多香柏皮防虫防蛀。他把鞋藏在口袋里面,有时候会拿出来给莫克土贝玩。莫克土贝当时只有三岁大,脸有些扁看起来像黄种人,神色总是呆呆的,不过每次看到红跟鞋就马上变得不一样了。

　　莫克土贝的妈妈年轻时很清秀,伊塞梯贝哈第一次看见她的时候,她正在瓜田里工作。那挺直的腰背、恬淡的神情、紧实的大腿吸引住伊塞梯贝哈的脚步。他不想再去溪边钓鱼了,就那样一直看着这个姑娘,同时想起了他那个经常摇着扇子,衣裳缎带飘扬的母亲。他的母亲是从城里逃出来和父亲私奔的,当时那件事闹得满城风雨,丢尽了脸面。

　　后来,莫克土贝出生了,他三岁的时候就不能穿那双鞋了。那天下午,天气炎热,他拼了命一样要穿上那双鞋,看得伊塞梯贝哈心中好笑。这幅画面这么多年一直在他心里停留,他每每想起都觉得好笑。莫克土贝似乎对这双鞋很执着,很想穿上,直到他十六岁以后才死了心。当然,伊塞梯贝哈以为他死心了,实际上他总是偷偷地做这件事。伊塞梯贝哈新娶的妇人告诉他,莫克土贝把那双鞋藏了起来。伊塞梯贝哈忽然不开心了,他一个人呆了很久,最后自言自语道:"我还不想这么早就死掉。"他把莫克土贝唤到身边，说道："那双鞋送给你了。"

伊塞梯贝哈身材矮小，莫克土贝却比他还要矮六英寸，体重也重了近一百磅，当时他只有二十五岁，还没有成家。他从小就得了肥胖病，手脚浮肿，脸色苍白呆滞。

"鞋子送给你了。"伊塞梯贝哈对他说道，说完之后一直盯着他瞧。

莫克土贝低声说了句"谢谢"，自从进门之后就只小心翼翼地看了他一眼，看起来像在遮掩什么。

伊塞梯贝哈一直盯着他，他不清楚莫克土贝究竟能看到什么，在想什么，自己送了鞋子给他，他怎么一点反应也没有呢？伊塞梯贝哈正在抽烟，那是白人交给他的一种鼻烟，在嘴里面放点烟末，用植物的嫩枝沾一点向牙上涂抹。

他看着莫克土贝，眼神迷茫地感叹道："哎，总有一天人都会死的。"他默默地想了一会儿人，没人知道他究竟在思考什么，接着，他又说了一句："是的，不过杜姆的舅舅却没有红跟鞋。"莫克土贝依旧胖胖呆呆地站着。

他坐在一把绑着鹿皮条的藤椅里默默思考着："他那身肥

肉怎么能穿得下那双鞋呢？连我看着都觉得失望。总之，人心隔肚皮，谁也不知道对方心里想的是什么。"

五年以后，他因病离世。医生穿着鼬皮背心，烧了树枝，可却无济于事，他第二天中午的时候还是去世了。

昨天，府上来了许多亲戚，骑马的、坐车的、徒步的，络绎不绝地持续了十二个小时。这些人主要是来吃吃喝喝的：烤狗肉、玉米豆、煮白薯，其次才是来参加葬礼。

三筐两人回到了酋长府。路上，三筐说："这种事总要持续三天，到时候吃喝都不够，我可是见过这种事。"

"三天他都放臭了，天气这么热。"另一个印第安人叫路易斯·伯雷。

"就是说啊，这些黑人真不让人省心，真麻烦。"

"可能到不了三天吧。"

"他们逃得很远。你等着瞧吧，到时候酋长看不到人，说不定就让我们闻那种臭味呢。我猜得准没错。"

快走到酋长府的时候。

伯雷说："他现在能在大家面前穿那双红鞋了。"

三筐说："要先去抓人，他现在还不能穿。"

伯雷惊讶地问："莫克土贝要去抓人？他说话都那么费力呢，居然要去抓人？"

"那个就快臭了的人可是他的亲爸爸，他不去能行吗？"

伯雷说："确实是这样的，不过他为了穿上这双鞋确实要付出很多代价，这双鞋可不是白白送给他的，你觉得呢？"

"你觉得呢？"

"我不知道。"

"我也不知道。不过伊塞梯贝哈不要了，莫克土贝就算拿着他也不会介意了。"

"是啊，人总不能长命百岁啊。"

"是的，他愿意要就要吧，死了一个酋长，总会有新的补上来的。"

门廊比那艘轮船舱面还要高，它用树皮盖了顶，下面的支柱则是用剥了皮的柏树干制成，下面的道路不是石子路，而是泥土地，且早已经被踩硬了。每次到了刮风下雨的时候，人们总会把骡马系在那里。轮船甲板靠近船头那里有三个人，两个女人一个煺着鸡毛，一个剥着玉米，那个老人在说话：

"这日子越过越不好啊，都让白人给教坏了。以前一直有吃有喝，自由自在的，白人却非要塞给我们那些黑人。以前的时候，年纪大了，坐在阴头里吃玉米煨鹿肉，抽抽烟，闲聊几句，这样的日子多好。可现在，那些爱出臭汗的黑人们简直要了人的命，这么大岁数了还要照应他们，真是没几天活头了！"老头穿着一件亚麻布礼服大衣，衣裳很长，他头戴一顶海狸皮帽，光着脚坐在那里，看到三筐和伯雷走来，立刻止住了声音，看向他们两个。

他脸上皱纹很多，看着他们两个怨气十足地问道："他也逃走了吗?"

伯雷回答："是的，逃走了。"

"我早就和他们说过了，就知道他会逃走，又要等三周了。那年杜姆过世时，就等了三周，你们看着吧。"

伯雷指正："不是三周，是三天。"

"三天？你那时候在吗？"

伯雷说："不在，我是听说的。"

老头说道："我当时可在那里，我们找了三周呢，跑了许多个地方，沼泽地、荆棘丛……"

两人不再理他，径直向里面走去。

因为时日已久，最初的轮船大厅现在已经被腐蚀得只剩下一个空壳子。红木雕花也褪去了原本的色彩，几次发霉之后变成了一团团黑乎乎的图案，窗户则像得了白内障的眼睛一样。厅堂的地面上摆着种子和粮食，一辆四轮车摆在那里，车轴上的弹簧已经松开生锈了。大厅的角落里有三只瘦斗鸡，它们在尘土中踩来踩去，满地都是它们的粪便；一个柳条编成的笼子里关着一只小狐狸，它在笼子中跑来跑去，不知疲倦。

它们从那堵砖墙穿过去，来到了一个大房间中，墙壁是圆木垒成的，已经出现了裂痕。那辆四轮车的车身和后轮轴都被丢在了这个房间里，还有一把简陋的耕犁和船桨。窗户上面钉着许多柳条，几个凌乱的鸡头从柳条的缝隙中探了进来，小斗鸡瞪着圆溜溜的眼睛向里面瞧着。脚底下是硬实的泥土地，顶棚上有四根鹿皮条垂了下来，下面吊着那张描金大床。床上既没有垫子也没有弹簧，只绑着很多皮条，它们横横竖竖地组成了一张网。

这张床是伊塞梯贝哈送给他那位年轻夫人的，每天晚上那位夫人睡了以后，他才坐在藤条椅里过夜，因为他从小就气喘病，只能在椅子上过夜，且经常睡不着觉。很多时候，他都是坐在椅子里装睡的，所以他能听见夫人半夜从床上下来，直接在地上打地铺睡觉的声音。知道第二天早上，夫人又悄无声息地爬回床上装睡，他都听得一清二楚，觉得很好笑。

角落里插着两根木棒，那对烛台用皮条扎在木棒上，一个十加仑的酒桶也摆放在那里。莫克土贝坐在泥路子对面的藤条椅里，他又矮又胖，身高仅有五英尺一英寸，体重却两百五十磅。他没穿衬衫，只穿着布外套，下面穿着条汗裤，又圆又光的肚子像古铜色的气球一样挂在裤腰上。他已经穿上了那双红跟鞋。一个手捧大蒲扇的小伙子站在他身后。莫克土贝一动不动地坐在那里，喘息声很轻，脸色也是蜡黄的，手臂垂直下垂着。三筐和伯雷走了进来，看到他表情呆滞痛苦，神秘莫测，他甚至都没有抬眼看他们。

三筐问小伙子：“这么早就穿上红跟鞋了？”

小伙子边扇着扇子边回答："你难道看不见吗，不是早穿上了吗？"

三筐说："是的，看见了。"

莫克土贝依旧不声不响，木头人一样一动不动地坐在那里。他的模样就像给袒胸露肚子的马来人神像套上礼服汗裤，还有一双很廉价的红跟鞋。

"如果我是你，我绝不会打扰他。"小伙子边说边慢慢地打着扇子。

"如果我是你，我也绝不会打扰他。"三筐和伯雷坐在了地上，继续对莫克土贝说道："酋长，他逃走了。"

莫克土贝纹丝不动。

小伙子插话说道："我早就说过，他肯定会逃走的，我猜得很对吧？"

三筐说："是，你猜对了。可是你们这些人都是事情发生以后唧唧歪歪的批评这个批评那个，昨天怎么没人说呢？你们为什么不提前想个办法阻止呢？"

伯雷说:"他肯定不愿意死。"

三筐问:"为什么不愿意?"

小伙子说:"虽然说人固有一死,可他总不能因为这个就提前送死吧? 换成是我,我也不会顺从的。"

伯雷说:"你闭嘴吧。"

三筐说:"这么多年,只有他舒舒服服地伺候大人,其他黑人都在地里干活出臭汗。他既然当初不愿意干活,现在又为什么不愿意去死呢?"

伯雷说:"反正用不了多长时间,眼睛一闭就行了。"

小伙子说:"那你们去找他说啊,去抓他啊!"

伯雷示意他闭嘴,接着就看向莫克土贝。莫克土贝依旧那样坐着,仿佛已经死了。也许是他那身肥肉太重了,重的让人看不见他的呼吸。

三筐说:"酋长啊,伊塞梯贝哈的狗和马都牵来了,可是那个给他端尿壶,吃他剩饭的奴隶不见了,所以他现在还不能入土为安。"

伯雷说："是的。"

三筐说："以前就发生过这样的事，当年酋长的爷爷杜姆就因为这件事无法入土为安。他不能咽气，一直念叨着：'黑人奴隶在哪儿？'他就那样边念叨边等着，足足等了三天。后来伊塞梯贝哈向他保证，说：你安息吧，我一定会把他抓回来的，你可以放心地去了。"

伯雷说："就是这样的。"

莫克土贝依旧坐得纹丝不动，眼睛也不抬。

三筐又说："伊塞梯贝哈顾不得回家，在溪边那一片地方找了三天，最后可算找到了。他当时就对杜姆说：'你安心走吧，你的马、狗和奴隶都在这里呢。'伊塞梯贝哈说过这样的话，可他昨天死了，他的马、狗都在这里，独独那个黑人奴隶逃走了。"

伯雷说："就是啊。"

莫克土贝双眼紧紧地闭着，依旧纹丝不动，好像被一种无形的懒惰的力量压制了一样，任何人都没办法推倒它。他们看着莫克土贝的脸，一直坐在那里看着。

三筐又说："伊塞梯贝哈刚接位时就发生了这种事，他亲自带人去捉那个奴隶，最后抓到了，这才让杜姆闭上了眼。"

莫克土贝依旧眼也不抬地坐在那里，神色间毫无波澜。

过了一会儿，三筐忽然说道："脱掉鞋子。"

小伙子立刻把鞋子脱了，莫克土贝终于有了动静，他像是重生了一样，从海底跃了出来，胸膛起起伏伏，大口喘着气。但是，他还是没有睁开眼睛。

伯雷说："让他带着人去找吧。"

三筐附和道："是啊，他是酋长，理应他带人去找。"

伊塞梯贝哈的黑人仆人从十四岁起就被卖给了他，今天四十岁，已经有二十三年了。他是几内亚人，脑袋很小，头发短，鼻子也很扁，两个内眼角有些红丝。那时他的牙齿还没有被锉，淡红发青的上牙床微微凸起，阔板牙方方正正的。伊塞梯贝哈临死的那天，他就躲在马棚里向外张望。

伊塞梯贝哈生病的那天，他回到奴舍的时候已经到了黄昏。这时，各家各户都开始做饭，香味在小巷子里飘荡着，多数都是面包味和肉味儿，这是个悠闲自在的时刻。女人们在家里做饭，男人们则在巷口看着他回来，觉得他的眼睛很亮。他当时光着脚板，小心翼翼地走着，沿着那个土坡从酋长府一路走下来。

领头的人说："伊塞梯贝哈没死吗？"

贴身奴仆回答："没有，不过人早晚都会死的。"

天色有些昏暗，这些人都有着相似的面孔，就像戴了个相同的面具一样，谁也不知道他们脑袋里究竟在想什么。柴火味、饭菜的香味，从小巷的各个地方飘来，在尘土中，在黑小孩的头顶飘荡，这味道仿佛在另一个空间一样，闻起来格外诱人。

有人说："能熬得过傍晚，就会熬到天明。"

"真的假的？"

"很多人都知道。"

"确实是这样，不过我们都清楚那条规矩。"他们一同看向那个贴身奴仆，他就站在众人之中，眼睛微微发亮，赤着的胸膛上渗出了汗珠，他又慢又深地呼吸着。

"他肯定知道，他比谁都清楚这条规矩。"

"我们来敲鼓吧。"

"好的，让鼓来说话。"

他们在天色昏暗的时候敲起了鼓。他们挖空那些柏树根上的树瘤子制成了鼓，又把鼓藏在了溪边岸上的烂泥巴里，他们经常这样藏起来，至于为什么要藏，就无人得知了。一个又矮又不会讲话的十四岁小伙子在那里看守，他经常光着身体坐在泥巴里，在身上涂满了泥巴，这样蚊子就不会咬到他了。

他总是把一个线袋子挂在脖子上，里面装着一根带着肉的发黑的猪肋骨，除此之外还有两块被铁丝串着的树皮。小伙子每次打瞌睡的时候都会流口水，蜷起的膝盖上落得都是他的口水。总会有印第安人从他身后的矮树丛中走出来，一直看着他的身影，可他却浑然不觉。

天已经黑透了，贴身奴仆还躲在马棚顶上的草料棚里。外面的鼓声咚咚咚地响起，虽然离他有三英里远，可那声音还是听得真真切切。他似乎看到火堆，还看到熊熊火焰中闪过那些散发着铜色光泽的乌黑四肢的影子。可是，他知道那里没有火堆，就像他躲藏的这个草料棚一样，黑洞洞的，布满灰尘。除此之外，屋顶上还有窸窸窣窣的声响，那是耗子从四方的暖和的椽子上跑过的声音，就像飞快地弹琴一样。这里只有那些喂奶的妇女们身旁才有火堆，他甚至能想象她们喂奶的画面：她们向前倾身，儿子畅快地吸吮着奶头，她们并不在意鼓声，而是思考着自己的心事。

酋长府中，那张描金大床和烛台下面也有一堆火，他甚至能看到房间里飘出来的烟。伊塞梯贝哈躺在床上，即将停止呼吸，所有夫人都围着他。太阳落山之前，一个穿着鼬皮背心的医生从房间里走了出来，将两根涂满泥的树枝点燃了，插在了轮船甲板上。黑人趴在草料棚中，自言自语地说道："看样子他还没死呢。"脑海中似乎有两个声音在对话：

"人都会死的。"

"你已经死了。"

他极轻地说道："是的，我死了。"

他特别想奔向那片敲鼓的地方，特别想。他想象着自己跃过矮树丛，伸展着四肢跳进那堆鼓中，可是他没办法这样，因为他即将死了。他已经被死神逮住了，他离死亡已经很近很近了。

耗子在椽子上面轻轻地跑动着，窸窸窣窣的，声音很小。他刚来美洲的时候就吃过耗子，那时他还很年轻，穿着一件白衣服，那是奴隶贩子给他的，他也不会说其他语言，只懂得家乡本族语。他们当时在热带海洋上漂泊了九十天，那段时间他们被装在了仅有三英尺高的船舱里，每天都能听见船长念书的声音。船长是新英格兰人，总是站在甲板上发出醉醺醺的朗诵声。直到十年过去了，他才知道那个船长念的原来是《圣经》。当年，他和现在一样坐在马棚里，一只腿脚不灵便的耗子从他面前跑过去，他轻而易举地就抓到了它，接着慢慢吃掉了。他有些想不通，这样笨拙的耗子居然也能一直活着，看来是跟这里的人混久了。

他现在只穿着一条印第安人从白人那里买来的粗布短裤，他用来护身的宝贝则用皮条穿着挂在腰间，那里面装了两样宝贝。一个是他自己打死的水蝮蛇脑袋，他把蛇肉吃掉以后，就把有毒的蛇头挂在腰上；另一个宝贝是一个半截的珠母贝长柄眼镜，那是伊塞梯贝哈送给他的，据说是从巴黎带回来的。他现在躲在草堆里，一面仔细留意酋长府里的声音，一面好像伴随着鼓声坠入那鼓群之间。

整个晚上他都躲在那里，直到第二天天明，他瞧见那个穿着鼬皮背心的医生从酋长府里走出来，并骑上他那匹骡子离开了。那被骡子蹄子卷起来的烟尘慢慢消散，他忽然觉得有些透不过气来，可仔细感觉，他还活着呢。他不明白自己为什么还活着，为什么还能呼吸。他安静地趴在那里，平稳又急促地喘息着。他的眼睛散发着黯淡的光亮，静静地看着那里，似乎要马上跑掉一样。

天慢慢地亮了，五个盛装打扮的印第安人坐在轮船的甲板上，路易斯·伯雷也出来了，他看了看天色。快到中午的时候，甲板上的人已经有二十五个了。过了晌午，宾客来了快一百人，他们都穿上了欧式的华贵衣裳，严肃冷静地坐在那里等待着。附近挖掘了一条沟，看样子是要烤肉煮白薯了。伯雷牵出了伊塞梯贝哈的那匹母马，把它拴在了树上，随后，他又牵出了伊塞梯贝哈的那条老猎狗拴在树上，它以前经常趴在他的椅子旁边。老猎狗被拴好了以后就一直瞪着眼睛看向周围的人，很快就开始汪汪汪地叫着，一直叫道了太阳落山。太阳刚落山的时候，黑人奴仆就从马棚的后墙跳了下去，一溜烟到了小溪边。天已经渐渐黑了，老猎狗的叫声还在耳畔响起，他开始跑了起来。跑到泉眼那里的时候，他遇见了一个站得稳稳的黑人，他们两人飞快地对视了一眼，他又飞快地跑过去。就像这两人所在的是两个世界一样。他攥紧了拳头，闭着嘴巴，鼻孔持续不断地向外喷着气。他只顾着奔跑，在这个已经漆黑一片的夜色中奔跑。

他对这地方很熟悉，甚至比那些追兵还要熟悉。之前总是跟着伊塞梯贝哈来这里打猎。那时，伊塞梯贝哈骑着马在前面追赶着狐狸或者臭鼬，他则骑着骡子跟随着他，还有那条老猎狗。他跑了三十英里之后又原路跑了回来，就沿着小溪边的洼地一直跑，直到第二天太阳落山的时候，他第一次看到了追兵——两个穿着衬衫，戴着草帽，把裤子整齐地夹在腋下的大肚子中年人。当时，他正躺在巴婆树丛里面，看着那两个人的样子，觉得他们肯定走得很慢。这样算起来，他们回去报信之后再折返，怎么也要十二个小时了，他就可以用这段时间一直休息了。

他太饿了，已经三十个小时没吃过任何食物了，他闻到了烧火做饭的味道，看来这里离庄园很近。他躺在巴婆树丛里，反复地自言自语："我要休息一会儿，休息一会儿。"可这仅有的六个小时根本没办法休息好，他心脏跳得厉害，现在努力让自己休息一会儿。

天刚黑下来，他又站了起来，本想着慢慢跑一整夜，可刚开始跑，他又跑得飞快，像是不要命了一样。他胸膛起伏着，鼻翼也张开了，在黑夜之中跑了很久，他早已经无法辨别方向，这才急忙停了下来。鼓声忽然敲响，他这才平静下来，顺着这声音走了两英里，就闻到了火堆的味道，以及那刺人的辣辣的烟味儿。他走进了鼓群之中，满脸泥渍，瞪大眼睛到处看着，鼻翼也跟着不停闪动。先前那个头领走到他面前，说道：

"我们早就猜到你会来这里的，赶快走吧。"

"快走吧。"

"你应该知道，死人和活人没办法在一起，赶快吃了东西就走吧。"

鼓声依旧继续，他们并没有看对方，奴仆说："是的，我知道的。"

那头领又问他："你想不想吃些什么？"

"不，我不太饿，我下午抓到了一只野兔吃了。"

"那包点熟肉走吧。"

他重新回到小溪边的洼地里，带着刚得到的包裹在树叶中的熟肉。没过多久，鼓声就消失了。他继续走着，一直走到天快亮了。他一直在心里默默地想着："至少还有十二个小时呢，他们想在晚上抓我还是有些困难的。"想到这，他索性坐下来开始吃肉，吃完以后用手在腿上擦了一把，接着起身走到沼泽地旁边，脱掉裤子，坐在了里面，将全身上下都涂抹了一层泥巴。做完了这一切之后，他才抱住膝盖，头枕在手臂上睡着了。他一整晚都没有做梦，等他醒来的时候，天已经亮了起来。幸好他坐在沼泽里，因为他对面不远处正站着那两个大肚子的印第安人。他们就是昨天的打扮，穿着衬衫，戴着草帽，脸色温和，整齐的裤子被卷在腋下，看起来又笨又滑稽。

一个人说："这工作真是累死人了。"

另一个人说："要不是还有等着入土的人，我倒是希望在家里凉快呢。"

他们不急不缓地向四周打量着，其中一个人掸落衬衫上的一团苍耳子，又说："这黑人真讨厌啊。"

"就是，这些人整天就知道给我们添麻烦，除了这个还能做什么？"

过了晌午，黑人在树顶上望着庄园的方向。他看见了伊塞梯贝哈的那匹马和猎狗被绑在了两棵树上，而伊塞梯贝哈的遗体则放置在中间的吊床上。大大小小的马车和骡马停在了那片场地上，盛装打扮的老人小孩和女人们则一同在沟边坐着，沟里面正烤着肉，浓浓的烟雾中飘荡着烤肉的香气。男人们则小心翼翼地卷好了华服，插在树枝里面，一同跑到溪边洼地那里去抓他。还有许多男人聚集在酋长府那个轮船大厅入口处，他不知道这些人在做什么，便一直盯着他们看。没过多久，几个人抬着柿子树干的鹿皮轿走了出来，轿子上坐的人正是莫克土贝。黑人仆人躲藏在枝繁叶茂的树上，目光安静地望着这些，神情好像莫克土贝一样神秘莫测，他似乎预知到了自己即将到来的命运。

他默默地自言自语："看起来他要亲自来了啊，这个十五年一直死气沉沉的家伙，他竟然亲自来了。"

下午的时候，他在小溪的独木桥上遇见了一个印第安人。他们两个人看起来截然相反。黑人又瘦又憔悴，身体却很结实，他不知道什么是累，做什么事都一往直前；可印第安人却不一样，他虽然体格强健，模样也和善，可身上却充满了厌烦与倦怠的气息，那么强烈地在他身上体现出来。他就那样纹丝不动地站在独木桥上，眼瞧着黑人纵入水中，游到了对面按上，又爬出来钻进了灌木丛中。

太阳快落山的时候，黑人找到了一个横倒着的圆圆的木头，就在它旁边躺了下来。一队蚂蚁从木头的一头向另一头爬去，很有秩序。他边躺着边漫不经心地抓起蚂蚁塞进嘴里，那神态仿佛置身于筵席上品尝盐花生一样。蚂蚁身上的盐味儿勾得他口水直流，他就那样不慌不忙地抓着蚂蚁吃，可蚂蚁却还是笔直地向前爬着，在它们前途未卜的命运中继续向前。

他已经一天没吃东西了，圆溜溜的眼睛有些发红，脸上的泥巴也变成一块块的了。太阳终于落山了，一只青蛙出现在他的视线之中，他慢慢地沿着小溪爬了过去，中途却被水蝮蛇咬了一口。大概这条蛇也没什么本事，在他的胳膊留下了两条剃刀刮过的口子。而且它冲过来时的速度太快太用力了，这会儿倒是软软地趴在那里，一动不动，就像是被自己的无能气昏了一样。"嘿！我的天啊！"黑人伸手按住了蛇头，谁知那条蛇又跳了起来，在他胳膊上继续咬着，咬了两下、三下。那种咬法并不像咬，找不到诀窍一样，一点也不痛快，感觉和抓挠似的。黑人反复说道："我一点也不想死，我一点也不想死。"说完之后他倒是静下来了，他很诧异自己竟然说出了这种话，而且他不知道自己这么想活下来，这想法还是这么强烈和深刻。

莫克土贝躺在轿子里，把一小块鹿皮铺在了腿上，又把那双红跟鞋放在了鹿皮上。这双鞋已经走了样，那漆皮鳞面也出现了裂痕，皮子也变脆了。莫克土贝躺在鞋子下面，身形肥胖痴笨，他与死人的区别仅仅是他还有呼吸。一群人轮流抬着他从荆棘沼泽中穿过，浩浩荡荡地抬着这个恶魔去抓一个即将丧命的黑奴。莫克土贝觉得自己像是主宰这个世界的神，那些抬着他的人则是一群苦命的精灵，他们穿过了地狱，脚步急切地向前走着。这些精灵们不管生死都是他的人。

休息的时候，莫克土贝的轿子被停在正中央，随从们则围成一圈坐在轿子外面。莫克土贝在轿子里闭着眼睛纹丝不动地躺着，神情高深平静，仿佛一切都在他的掌握中一样。休息了片刻，他就开始穿那双鞋，小伙子费了很大的力气才将他那双浮肿的脚丫子塞进了鞋里面。他的神情又开始显得无比痛苦和无奈，就像一个人消化不良了一样。随从们又开始抬着他继续向前走路了，他就在那摇摇晃晃的轿子里懒散地躺着，一动不动。看他的神态透着无可救药的慵懒，也可能那是勇敢、顽强等王者之气的体现。

走了一会儿，随从们放下了轿子。他的脸色很难看，脸上挂着汗珠，脸更是蜡黄一片，好似一座神像。三筐或者双父儿这时对他说："已经出过风头了，快把鞋子脱下来吧。"莫克土贝依旧没什么表情，只是呼吸声传了出来，随着他那微弱的气息，他那两片苍白的嘴唇轻轻颤抖着。

随从们全部坐下来，负责打探消息的人走了过来。

"没抓到他吗?"

"没有，他去东边了，等太阳落山的时候他就能到铁巴口了，不过他到那里以后肯定是要回来的。我们明天肯定能抓住他。"

"希望吧，尽快结束这件事吧。"

"就是啊，现在都过去三天了。"

"杜姆过世的时候，仅用三天就把那个黑人抓回来了。"

"但那次的黑人已经老了，现在这个年纪小。"

"是啊，这可是个上等货，明天我如果能抓住他，就会被赏赐一匹马呢。"

"希望你如愿以偿。"

"好吧，这次的工作确实够烦的。"

这天，客人们把吃的喝的都用尽了，他们都回家去了。第二天一早，他们又带着食物返回，这次的食物大概能够吃一周的。中午的时候，天气很热，伊塞梯贝哈的身体已经发臭了，风吹过之后，那种臭味飘到了溪边，甚至更远的地方。可是他的黑人奴仆到现在也没有抓到，已经过去两天了。直到第六天清晨，负责打探消息的人飞快地回来禀报，说是发现了血迹。

"他自己受的伤。"

三筐说："伤得严重吗？我们肯定不能把这样的人送给伊塞梯贝哈。"

伯雷说："这样下去，倒是要让伊塞梯贝哈照顾他了，这可不行。"

报信的说："具体情况还不知道，他躲到沼泽地里面去了，我们已经派人在那里守着了。"

黑人藏匿的那片沼泽离得很近，一小时左右就能到。随从们立刻抬起轿子快速向那里走去，可却忘记了莫克土贝穿的那双鞋。等他们到达沼泽地的时候，莫克土贝已经晕了过去，人们急忙给他脱鞋，救醒了他。

天终于黑了，黄昏星挂在西方的天空，不再明亮。随从们包围了沼泽地，周围蚊子成群，在他们身边飞来飞去。众人都决定等明天再抓他，最后意见统一了：

"好吧，就让他再自由一晚上吧。"

大家紧盯着那片黑色的沼泽地，不再出声了，四周很快静了下来。没过多久，打探消息的人又出现了，说道："他刚才想逃出去。"

"堵住他了吗?"

"堵住了。我们三个人因为他紧张了半天。我们能闻到他的味道，感觉到他想趁着夜色溜走。除了那种味道，还有一种其他的味儿，具体是什么我们不清楚，但是有些不安。他让我们赶快把他杀了，这样他也看不到人，死了也就死了。可我们担心的不是这个问题，后来是他告诉我们事实，说是两天前他被蛇咬了，胳膊又肿又臭。可我们刚才闻到的不是那种臭味儿，因为他的胳膊早就消肿了，现在变得和小孩子的胳膊一样粗细。我们三个人都看了他的胳膊，也摸了，确

实是那样。他管我们要斧头砍掉手臂，我们没有照做，想着
等明天吧。"

"是的，今天和明天没什么差别。"

"我们很紧张呢，好在他又重新回沼泽地了。"

"这就行了。"

"是呀，刚才的情况真的很紧张，这件事需要禀报酋
长吗？"

三筐说："还是我去吧。"说完他就去找酋长了。

打探消息的人坐在人群中央，继续给他们讲刚刚发生
的事。

没过多久，三筐回来了，对那人说："酋长说你做得不
错，继续去做事吧。"

打探消息的人马上离开了。

众人围着轿子坐着，因为困倦而不停地打瞌睡。直到夜
半时分，大家都被黑人的声音吵醒。他声音很大，尖锐又突

兀地从夜色中响起来，仿佛在自言自语，过了许久才不再出声。天光大亮了以后，浅黄色的天空中飞过一只白鹤，它慢慢地拍动着翅膀划过天际。

三筐醒了以后对大家说："我们可以动手了。"

两个印第安人冲进了沼泽地中，可见到黑人的身影时就停了下来。黑人正光着身体坐在一截木头上唱歌，身上的泥巴都已经干了，变成一块块的。两个印第安人坐在了他附近的地方，耐心地等着，其中一个人说："等他唱完再抓他吧。"黑人对着朝阳，用本族的语言放声歌唱，那声音清澈明朗，充满了哀伤的况味。

他唱完了以后，转头看向他们，脸上的泥巴已经裂开了，像个面罩一样，松松垮垮地戴在他的脸上，就像戴上面罩之后变瘦了一样。他的眼睛里满是血丝，又短又方的牙齿上面贴着那两片干裂的嘴唇。他身上那种味道极其难闻，左胳膊肘下面全是结了块的泥巴，紧紧地贴在胸口上，已经不像胳膊了。他一声不吭地紧盯着他们，其中一个印第安人戳了戳他的手臂，说道："跟我们走吧，你能跑这么久，已经很难得了。"

清晨，空气中飘荡着一股臭味，伊塞梯贝哈居住的酋长府周围似乎还能闻到那种死人的气味。直到众人回到庄园的时候，黑人才转了转那两颗像马眼一样的眼珠。老幼妇孺们穿戴得光鲜亮丽，但却显得很不自在，有些别扭。沟里的浓烟贴着地面慢慢飘到他们周围，在场地中间和轮船甲板上飘荡。伊塞梯贝哈的遗体和那匹马、那只老猎狗早就被送到了墓坑附近，因为早已经有报信的人将这个消息提前传了回来，大队人马的前面还有一个人先回来送信。宾客们先后跑到了墓坑附近，这时，莫克土贝的轿子也到达了土坡上。

黑人个子很高，站在人群之中很突兀。他把头扬得高高的，头发很短，脸上都是泥巴，露在众人的头顶，看起来很明显。他已经拼命地挣扎了六天的时间，这六天积攒下来的辛劳全部集中起来，让他的呼吸都变得艰难。队伍走得很慢，黑人裸露的胸膛起起伏伏，上面还带着伤痕，他将左手臂放在胸前，东瞅西望地到处看着。可是，他的目光又像是和视觉分开了，他像是无法看到任何东西。他张着嘴巴大口喘息着，白白方方的牙齿露了出来。许多经过的宾客的目光都被他吸引，手捧着肉驻足回头，黑人那急切又隐忍的目光则缓缓地扫过他们的脸。

三筐第二次问他："你想吃东西吗?"

黑人回答："是的，我想吃点什么。"

"他说要吃东西。"众人纷纷回走，向中间挤了过去，将这个消息快速传了出去。

众人走回轮船附近，三筐让黑人坐在那里。

黑人胸口起起伏伏，喘息着坐了下来，坐在甲板上。他心底的希望已经被斩断了，所以他什么都看不见，只能左右转动着脑袋，眼珠转来转去。

食物被端来了，黑人把吃的东西塞进嘴里开始咀嚼，可是嚼了几下以后，那些烂乎乎的食物从他的嘴边漏了下来，沿着下巴掉到了胸口上。片刻之后，他连嚼都不嚼了。他就那样赤裸着坐在那里，身上满是泥巴，将盘子放在膝盖上。他瞪大了眼睛，眼珠一直乱转，大口地喘着粗气，张开的嘴巴里都是烂乎乎的食物。众人依旧安静地等着，看着。

过了许久，三筐忽然说："跟我走吧。"

黑人说："不行，我想喝水，我想喝水。"

　　水井坐落在奴舍附近的土坡下面。晌午时分，斑驳的痕迹洒满了土坡。以前，伊塞梯贝哈总是在这种恬淡的时刻坐在椅子上小憩，午饭以后他就可以好好地睡一觉，一直睡到下午。每每此时，这个服侍他的黑人就闲了下来，他会坐在厨房门口，与那些做饭的女人聊天。奴舍中间的小巷子里十分安静，妇女们站在巷子两侧轻声对话，那些炊烟飘荡在黑小孩的身上。

　　三筐说："跟我来吧。"

　　宾客们向墓坑那里走去，伊塞梯贝哈以及他的马和狗都在那里等了许久。黑人站在那群人之中，一直扬起脑袋到处乱看，胸口起起伏伏，高高的个子在这些人里面很突兀。

　　三筐喊他："跟我来啊，你不是说想喝水吗?"

　　黑人马上回答："是，是。"

　　土坡下面很安静，不仅没有人家做饭，连一个黑小孩都没瞧见，门洞里也没有人的影子。他转头看向酋长府，又转头看向土坡下面的奴舍，喘息着想着："那条蛇咬了我的胳膊三口呢，咬一口就抓两条口子，我被它咬得直叫：天啊，我的老祖宗!"

三筐继续喊他:"快来啊。"

黑人扬起头，抬高了腿，走得很认真，好似踩踏车一样。他的那双像马一样的眼睛里又射出两道急迫又隐忍的光来。三筐说道:"到了，你快喝水吧。"

他们拿起井里的那只葫芦瓢，舀了一瓢水给他。黑人眼珠止不住地转动着，把瓢对着泥巴脸之后竖起来，那些透明的水就从两边淌下来了，淌过他的下巴、胸膛，一直向下。可是，他的喉咙在一直动着，直到水流完了。

三筐说道:"好了，跟我来吧。"

"等等。"黑人说完以后又去舀了一瓢水，继续将它拿到脸前面竖起来，喉咙又开始滚动着，眼睛还是转来转去。那些晶莹剔透的水就像锋利的匕首一样，并没有被他喝掉，而是流过他的下巴，在上面挑开了一层。水流过他的胸膛，冲掉了那些泥巴，形成了许多沟沟壑壑。无论是族人，还是宾客、亲戚，全都庄严肃穆，一声不响地站在那里看着他，耐心地等待着。他那黑黑的喉咙还在滚动着，吞咽着，那空瓢虽然被举得很高，可是水却没有了。他胸前的一块泥巴被水冲掉了，砸落在他的脚下，摔碎了，他那"嗳—嗳—嗳"的声音还残留在空瓢之中。

三筐接过他手中的葫芦瓢，挂在了水井那里，对他说："跟我走吧。"

山

在他的前方，在稍稍高出他头的上面，山清晰地映衬着蓝天。一阵飕飕的风拂过，宛如一泓清水，他似乎可以从路上抬起双脚，乘风向前并越过山去。风充满了他胸前的衬衫，拍打着他周身宽松的短外衣和裤子，搅乱了他那宁静的圆胖面孔上边没有梳理的头发。他瘦长的腿滑稽地垂直起落，好像缺少前进的动力，好像他的身体被一个古怪的上帝催眠，进行着木偶式的操作，而时间和生命越过他逝去，把他抛在后面。最后，他的影子到达山顶，头朝前落在地面。

首先进入他眼帘的是对面的山谷，在午后和暖的阳光下，显得青翠欲滴。一座白色教堂的尖顶依山耸立，犹如梦境一般，红色的、浅绿色的和橄榄色的屋顶，掩映在开花的橡树和榆树丛中。三株白杨的叶子在一堵阳光照射的灰墙上闪亮，墙边是白色和粉红色花朵盛开的梨树和苹果树；虽然山谷没有一丝风影，树枝却在四月的压迫下变得弯曲，树叶间浮荡着银色的雾。整个山谷伸展在他下面，他的影子宁静而巨大，伸出很远，跨过谷地。到处都有一缕青烟缭绕。村庄在夕阳下笼罩着一片寂静，似乎它已沉睡了一个世纪；欢乐和忧愁，希望和失望交集，等待着时间的终结。

从山顶眺望，山谷是一幅静止的树木和屋宇的镶嵌画。山顶上他看不到被春雨所湿润、布满牛马蹄痕的杂乱的一小块一小块荒地，看不到成堆的冬天灰烬和生锈的罐头盒，看不到贴满的色情画和广告的告示牌。没有争斗、虚荣心、野心、贪婪和宗教争论的一丝痕迹，他也看不到被烟草染污的法院布告栏。山谷中除了袅袅上升的青烟和白杨的颤抖外，没有任何活动，除了一个铁砧的有节奏的微弱的回声外，没有任何别的声音。

他脸上的平淡无奇开始转化为内心的冲动，心灵上的可怕的摸索。他的巨大阴影像一个特异的人映在教堂上，一瞬间他几乎抓住了一些与他格格不入的东西，但它们又躲开他；他不知道有什么东西能突破心灵屏障与他交流。在他身后是用他的双手干一天粗活，去与自然斗争，取得衣食和一席就寝之地，是一种以他的身体和不少生存日子为代价取得的胜利；在他前面是一座村庄，他这个连领带也不系的临时工的家庭就在那里。此外，等待他的是另外一天的艰苦劳动以得到衣食和一席就寝之地，这样，他开始明白了自己命运的无关紧要，他的心今后不再为那些道德说教和原则所干扰，最后，他却被春天落日时分的一个山谷不可抗拒的魅力所打动。

太阳静静地西沉，山谷突然处于暗影之中，他一直在阳光下生活和劳动，现在太阳离开他，他那不安的心第一次宁静下来。在黄昏中，这儿的林间女神和农牧神可能在冰冷的星星下，尖声吹奏风笛，用钹发出颤声和嘶嘶声，造成一片喧嚷……在他身后是满天火红的落霞，在他前面是映衬在变幻的天空中的山谷。他站在一端地平线上，凝视着另一端地平线，那里是无穷无尽的苦役而又使人不能安寝的尘世；他心事浩渺，有一段时间他忘掉了一切……现在他必须回家去了，他于是缓步下山。

调换位置

这个美国人个子有些矮，鹰钩式的脸上还有些消瘦，但从眼睛能看出这是一个非常聪慧的人，看着略微有些劳累，相比之下算是年纪稍大一些的，大约三十五岁左右的年纪。今天上身并没有穿粉红色灯芯绒，而是穿了一件几乎和佩戴手枪皮套的宪兵上衣同款的衣服，背后是一个没有经过裁剪的长下摆，后尾部在军用皮带下面还长出一截来，下身是一条普通的呢子马裤，裤外还绑有一双很常见的护腿，脚上穿了一双中年男子常穿的休闲鞋，那鞋子从外观看并不是什么名牌货。色调上，鞋子和护腿不对称，武装带和这两样东西也都不配，胸前佩戴了一枚双翼章代表着飞行员的身份，只有翼章下面的勋带从整体上看来让人眼前一亮。但是这种让人感觉生硬组合到一起的服饰很难让人想到这是一个名牌大学的高材生，倒更像是握着战旗的一员武将，但没准是一个荣获罗氏奖学金的人。

对面一群人中的一个醉得如一摊烂泥，根本没有注意到他，还好旁边有个美国宪兵搀扶着他，这个人年纪大约十八左右，和这个宪兵相比，个子有点高，双腿细长，看上去有点弱不禁风，一双蓝眼睛、一个樱桃般的小嘴再配上这幅姣好的面容真会被以为是一个刚参加假面舞会的姑娘。上身身着水手短夹克，扣子的位置全都错了，上面还有些新沾上的湿泥渍，头上顶着一顶皇家海军军官帽子，帽子的倾斜度展现出了那种骄傲跋扈、无所顾忌的神气。

美国上尉询问道："班长，这个人什么情况？看样子是一个英国士兵，让他的宪兵去负责照顾他。"

"长官，我明白他是一个英国人。"宪兵喘着大气大声地回应道。那个醉鬼虽然看上去纤弱，但实际上可是不轻，很难去摆动他，宪兵再次对他喝道："站直了，对面来了长官。"

那个英国人听到这个，努力地想要站直，挣扎着晃了几下，一只胳膊搂在扶他的宪兵的脖子上，另一只胳膊想敬一个军礼，这只手却弯得厉害，又有点站不住了。"长官，咱们再干一杯，我希望您不是叫贝蒂吧！"

"我不叫贝蒂。"

他醉乎乎地回道："我原本也没指望您就是贝蒂，我弄错了您不会在意吧？"

上尉按捺着心中的不满轻声说："没事。"然后眼睛望向一边的宪兵。旁边第二个美国人回道："他是一个中尉飞行员，不过岁数还没到二十五，虽然穿着粉红色裤子配上英式靴子，外套像是英国军队的，但只是领子而已罢了。"

"你不常进城里来，可能认不得他，他是海军那帮浑球中的一个，跟我们说，人们成夜地把他们从地下排水沟里捞出来。"

"我想起来了，之前好像是听说过这些人，"这时他才注意到，他正站在一家生意非常好的咖啡店门前，这整条街上都非常热闹，街上人来人往，当兵的，平常百姓也都见惯不惯了。上尉望着宪兵说："你能不能想办法给他弄回到船上去？"

宪兵回道："您来之前，我都已经安排好了，但是现在天还没有黑，他回不到船上，因为来的时候他把船已经藏起来了。"

"藏起来了？"上尉听到这个有些诧异。

宪兵对他吼道："给我站好了。"一边拖拽着他身边的这个负担。也许他这种说法上尉能明白，但是我们可是一点都不明白。他们来的时候把船藏到码头的下面，等天黑了以后，他们把它开到码头里面，等第二波潮水涌出来，小船才能从码头里边被水吹到码头边上。

"码头下面？那块空间很小，只能容纳摩托艇之类的东西，藏在那里边吗？"

"您说得对，就是那类东西，白天在码头这边横冲直撞的，他们这些人成天搞这个，晚上把它藏到码头底下，然后去岸卜酗酒后睡在排水沟里直到天亮。"

"这样啊！我还以为这种小摩托艇是军官专门用来指挥用的呢。他们这样做难道是军官默许的吗？"

中尉回道："这我就不清楚了，也许是让他们开着摩托艇把热水、面包或者其他东西快速地运到船上去的，这个摩托艇速度快，来回可以节省很多时间。"

"就知道说谎！"上尉又看了眼那个醉鬼。

中尉继续说道："他们那帮人就是这样做的，您晚上到城里去看吧，全都是他们这些人，排水沟估计满得装不下任何东西了，然后他们的宪兵们开着大卡车把他们运走，就像是公园里照看小孩的保姆一样，也许法国人给他们用这种摩托艇，就是为了白天不让他们睡在大街上呢。"

上尉似有似无地回道："行了，我懂了。"又看了眼那个醉鬼，"你还是帮他一下，不能就这么把他扔在这里啊！"

英国人好像醒了那么一点，努力地想挣扎着站起来，用一种非常悦耳、讨人喜欢的声音口齿不清地说道："放心吧，不用管我，我这没事儿。虽然地上的石子有点不舒服，应该让法国人下令再好好修一下的，虽然不是我们的主场，也该让我们用好的场地玩球吧？"

宪兵粗鲁地说："他这可是自己在独占整个场地，他估计心里想着，这支球队只有他一个人吧？"

正在他们谈话的时候，这场对话又加入了另外一个人，"他是英国士兵啊！他这是怎么了？怎么了？"这个人看见了美国人身上佩戴的简章，随即礼貌地敬了个军礼，听到这，那个醉鬼摇晃着转过身来，往这边看着。

"您好，我叫艾伯特。"

这个英国宪兵扭过头来问道："霍普，发生了什么情况？"

"貌似这块没发生什么事，美国宪兵说英国人就是这样打仗的，但是咱们几个之间，我算是个外国人，由你来继续处理吧。"

上尉这个时候也假装问了起来："班长，这里刚才发生了什么情况？"

美国兵斜眼看着英国兵说："这不会当成一件事的，要他报告的话肯定是一件像家鸟一样的小事而已。要知道这家伙喝醉了躺着这里，足足使得从这距离三个街区到码头的路都堵死了，卡车都堵在这里，排满了整个街道。于是我从最后面拐到这里看看，到底是发生了什么情况？十多个司机也在这里围观，是在开会还是在讨论什么呀？我挤进这圈里来发现，都是因为这个家伙！"

"嘿！老兄，注意啊，你可是在说国王陛下的军官，说话可得当心啊！"

"这家伙以天为被，以街为床，旁边枕着个空篮子，双手抱在头后，双膝交叉着，跟周围的人讨论他到底用不用起来离开这里。他总觉得卡车不一定非得走他睡着的这条街，因为这条街属于他，他就是应该睡在这里。"

英国人听到这个，饱含兴趣地询问着："这个街属于他?"

"你们应该都知道啊，不是颁布了个什么膳宿提供令吗？即使在战事吃紧的时候，这个令也是有效的，这条街如果是他的，就不允许别人占用。紧挨着这的下一条街是一个叫杰米·沃赛斯庞的。但是因为他失眠没有在床上，所以卡车暂时还可以从那条街上走。这下你们全明白了吧？"

上尉询问道："班长，真是这样的情况吗？"

班长回应道："真是这样的啊，就像我刚才跟你们陈述的一样，他就是躺在那里，不肯起来，还叉着腿跟人讨论呢，他们专门安排人去找一份什么作战条例来印证。"

上尉好像记起来了，"那东西是叫什么'国王敕令'吧？"

上尉终于搞清楚了情况，对那个英国宪兵说："就这样吧，剩下的事我来安排。你还能扶着他离开这里吗？你知道这家伙的总部在哪个地方？"

搀扶着那家伙的英国宪兵回道："长官，他们有没有总部我还真不知道，反正我是总能看见他们经常待在酒店里过夜，他们好像也用不着什么总部不总部的。"

上尉有点疑惑了，"你的意思是，他们也许根本就不是从船上下来的兵吗？"

"可能那些能算是船吧，不过要看如何定义了，要是比他还能睡的人在那才能叫它是船吧。"

上尉回道："我明白了，那你觉得他是从哪一类的船下来的？"

这话问出来之后，宪兵的态度似乎来了180度翻转，几乎斩钉截铁毫不犹疑地回应道："那我可不知道，长官。"

上尉说："那就这样吧，他现在酒未完全醒，在酒馆中过夜似乎也不太合适。"

宪兵并没有注意到此时上尉并没有在听他的回复，"可能我可以给他找一个位于角落的小酒馆什么的，起码那里他可以趴在桌子上睡"。他往街对面看过去，那里另外一家咖啡馆的灯光还亮着，投射到人行道上。英国人像孩子一样大大地打了个哈欠，粉红色的嘴唇张得很大，肆无忌惮地像孩子一样。

上尉转过身来对宪兵说："我先来照顾这个英国人，你可否去对面把保家特上尉叫到这边来？"

英国人又像孩子一样打了个哈欠，宪兵走向对面去了，上尉用手掌伸过他的腋下支撑着他，"站好了，车子马上就过来了。"

英国人一边打着哈欠一边回应道："好吧。"

进入汽车以后，两个美国人把他夹在中间，他很快便像婴儿一般安静地睡着了。然而，从那到军用机场也就不过半个小时的路程，他们快要到的时候他竟然也醒了过来，精力仿佛恢复过来了，还找他们要威士忌酒喝。过了一会儿，等他们到食堂的时候，他已经清醒得差不多了。保加特从他那一身装束，特别是那个围得乱七八糟的丝巾上印着的某俱乐部的徽记认出来了，那是名牌寄宿学校来的。

他喊出了声："啊，还有威士忌。"从声音听来，他已经很清醒了，声音确实很好听也很嘹亮，房间里的人都顺着声音望向这边。他似乎像猎狗一样嗅到了酒味，直接朝那个方向走去，中尉随后，保加特也转过身子朝那个方向走去。房间里的牌桌前坐着五个人。

有人问保加特："这人是哪个海上舰队的上将吗？"

保加特回道："可能是整个苏格兰海军的上将吧，总之当我发现他的时候是这样的。"

另外一个人抬起头打量了他一眼，"他们这帮人平时晚上都是睡在地沟里的，要不是他刚才进来的时候站得很直，我一准儿一下就能认出他们来，我似乎在镇上曾经见过他。"

"可以确定，我确实见过他们，他们坐在马路的路沿石上，你们很清楚，总是一边一个英国宪兵扶着他们的胳膊。"

另一个说："我确定曾经见过他们。"他们全都盯着他，他们全都是那个样儿，立在酒吧前，差不多也就十七八岁这样，开着那种摩托艇，白天在码头附近撞来撞去。

第三个人问道："我当时参军的时候真是投错了队，他们的工作是那样轻松，可谁知道英国陆军女性后勤队竟然还配备了一支海上男子辅助队，哎，这都归咎于当时的招兵告示上标得不清楚。"

保加特说："我还真不清楚，但是我认为他们开着摩托艇在码头上横冲直撞不只是为了消遣吧?"

但是大家都没有听进去他在说什么,还是盯着那个英国人。有人进一步说道:"他们这些人就像是钟点工一样,每天看他们几点的时候醉成什么样就能猜到时间。而且更让人难以相信的是,他们每天凌晨一点醉成这样,第二天清晨照样能够开船。"

另外有人说道:"也许他们在码头附近开着摩托艇是为了给英军传递情报吧,他们有的时候连成一串,每个摩托艇带着情报的部分副本,找到大船就把它一个个传递过去,如果没有遇到大船,就在港口附近停留。"

"有码头的时候就在那里登岸。"

保加特说道:"里面可能比你想得要复杂。"他还想着继续说点什么,可是那个英国人已经端着玻璃酒杯朝这边走了过来,他虽然走得很平稳,但是脸因为刚喝过酒快要红透了,眼睛闪着光。离他们近的时候,声音很洪亮,可以看出来他很高兴。

"伙计,你们几位愿不愿意一起来一杯?"他似乎看到了他们胸前佩戴的徽章,停住了没有继续说下去,"唉,我说伙计们，你们都是飞行员，上面好玩对吗?"

他们之中有人回道:"对啊，在天上飞翔很好玩。"

"但是上面有点不太安全，对吧?"

另一个人外表看着很和蔼，集中注意力接着说:"上面的速度肯定是要比打网球快。"

保加特说道:"你指挥一艘舰船吧?"

"你过奖了，不是指挥一艘舰船，我们船的指挥是龙尼，他的级别和年纪都要比我大一些。"

"龙尼?"

"就是这个人，不错的，只是年龄嘛，大了一些，所以可能有点偏吧。"

"跟您说，您可能都不会信，世上怎么会有这么偏的人。"

"真是偏得让人无法相信，每次只要我们用望远镜看到烟柱，该我看的时候，他肯定会扭开船身便走，为了避免碰到海狸，会把船身藏得非常的低，这样做导致我到目前的两周之内已经输去了两局了。"

美国人疑惑着对望着："怎么会没有海狸呢?"

"每当看到篮状桅杆就算是赢了一局，这回你们懂了吧，不过其他比如艾尔根街就不再算数了。"

这几个人面面相觑，保加特说："我听懂了，就是当对方看到船上有篮状桅杆，你就算是赢了对方一个海狸，游戏规则我听懂了，可是你说的艾尔根街又指的是什么?"

"那是来自德国的船，一类受管制的，无规则到处跑的轮船"，在这种船上前桅上装有套具，远远看去那里像是缆绳类似的东西，我之前认为它也不是很像，但是龙尼这样说，而且有一天我们打赌的时候就是这么定的规矩，在那之后的第二天他就输给我一局，从此我们便不包含这个了，我这么解释你们明白了吧。

刚才那个说起网球的人回道："好吧，我大致清楚了，你和船长天天就开着摩托艇横冲直撞，到岸上以后再去找海狸寻欢作乐，生活很好嘛，你们还玩过……"

保加特喊了他的名字，阻止他继续说下去。英国人听到这些脸上的笑容褪去了，但是看得出来他并没有因此而生气。

刚才那个人又继续说着："你和船长的船尾部是涂了黄颜

色了吗?"

"船尾涂成黄色?"英国人虽然有点诧异,但是脸上仍然看不出有生气的迹象。

那个人看他好像没太明白,于是继续补充道:"我是觉得既然是两个船长,也许船尾会涂成黄色这样。"

英国人轻轻回应了一声:"波特他们只是普通的士兵,并不是什么长官。"

另外那个人继续用着试探性的口气问道:"这么说他们俩也是和你们一样,玩海狸了吧?"

保加特再次阻止了他,并用头暗示他,让他到另外一边去了。那个人于是从座位上起来了,到另一边去了。保加特嘱咐道:"你们别再问那些问题了,我这回是认真地跟你说,他才十七八岁,也就是个孩子,你小的时候懂什么吗?还不是只会去教堂做礼拜啊?"

杰里插话进来:"我们情况可不一样了,我们来到这儿根本就不是为了我们自己的战争,却还要冒着生命的危险,而且还花着自己国家的军费,可是再看看他们这些英国佬,为了牵制德国人在这里整整干耗了一年,要不是……"

保加特骂了他一句："别再说了，你这种想法很荒谬。"

他故意提高了嗓门，"还以为是什么好玩的赌局呢？实际上也是非常不安全的，是这样吧？"

保加特暗示他小点声，不要被他听到。

"可是看着他，我心里就有一种在港口上咬他和他的龙尼的冲动，只要一架税收训练飞机就行，给他们瞧瞧，应该怎么去打仗。"

"行啦，你就别死咬着他不放了，他在这里待不了多久的。"

"你打算怎么处置他？"

"我计划把他暂时留在咱们的舰艇上，他跟我说咱们这的刘易斯机枪和他们船上的一样，而且他好像用这个还挺在行，说一次都打中了七百码外的信号灯呢，所以先让他试试哈伯的位置吧。"

"成吧，反正这和我关系不大，是你的职责，没准你还没他厉害呢。"

"我没他厉害？"

"去泡海狸啊，下一步你再和他那个船长对对手。"

"不管怎样，我想要他看看真正的战场是什么样子的，你看他这样子，哪像一个已参军三年的士兵，倒更像是一个到城市里寻求新鲜的大学二年级学生，不过，杰里，你暂时不要再难为他了，好吧？"

于是他俩开始往英国人这边走，他的嗓音还是那么高亢和兴奋。

他还在那里跟大家吹嘘在船上如何打赌的事："他那个人非常的固执，很难被说通，而且赌局非常的不公平，比如他手里有望远镜的时候就会把船开到非常近的地方，好好看个清楚，可是轮到我呢，他会故意把船开到非常远的地方，我在望远镜里看到的除了烟囱，真的什么也没有。而且因为他固执不讲理，每次只要一涉及艾尔根街，如果叫了他的牌，除非是他自己没记住，否则肯定是你自己失分，扯平还是好的结果。"

都凌晨两点多了，他还饶有兴趣地给他们讲着各种故事。那时候还是一九一四年的时候，当时瑞士各方面条件都非常不错，他的父亲曾经许诺给他，说是等到他过十六岁生日的时候，就安排家庭教师和他去那边转转。他十六岁生日到的时候，形势发生了变化，他们只好去了英国的威尔士那边，那边的山真是够高，他们爬山去之后累得气喘吁吁。他的听众们，年纪都比他大很多，经历过的事情比他多很多，所以尽管他在那里讲得眉飞色舞，他们也就是当热闹听，期间，几个人还出去换了飞行员的衣服回来，并且还有头盔和眼镜。他还在专注着讲故事，并没有注意到外面飞机引擎已经开动一些时候了。

保加特这时候也从座位上起来了，对他说："来吧，我们给你准备好了服装。"于是，他们从食堂走出来了，外面的飞机引擎是这么的吵，感觉像是打雷一样。他们沿着那条几乎看不到尽头的柏油路走着，路边停着一排排飞机，飞机的引擎正在往外喷着蓝绿色火花。穿过机场终于到了保加特的宿舍，里边还有一位中尉叫麦金尼斯，正在床上准备着执行飞行任务，保加特到他的床位上拿出一套飞行服装扔给了他："快穿上它。"

"我所有的都要更换吗？咱们需要很长时间吗？"

保加特回道："这个不一定，你还是都穿上吧，高空很冷，以防万一。"

英国人捡起飞行制服，有点迟疑地问道："可是我和我的船长身上还有自己的任务呢，如果咱们这时间太长，船长可能就很在意了，他也许就不等我自己出发了。"

"放心吧，我答应你，咱们肯定能赶上回来喝下午茶。"旁边的麦金尼斯插了一句："这个小伙子鞋带系了很久。"

"你平时大都几点回去和船长会合？"

英国人没有直接回答，"也应该没什么问题，上面也没有规定具体的时间，一般情况下他都会等我的。"

"赶紧穿制服吧，他肯定会等你的。"

他们帮英国人套上制服，他非常轻松地问道："上了飞机肯定比在上山看得远，是这样吧？"

旁边的麦金尼斯回道："起码在飞机上能看到更多的内容的，你会很享受这个过程的。"

"那肯定啊，只希望龙尼会在那等着我，有点不安全但是很刺激不是吗？"

"行了别说了，走吧？还要来点咖啡吗？"

还没等他反应过来，麦金尼斯直接帮他回了："不要了，来些比这更实用的吧，咖啡要是撒到翅翼上怎么办?"

"奇怪了，咖啡怎么会洒落到翅翼上呢?"

保加特催促道："赶紧走吧。"

他们从来的时候那条路过去，朝着那些因为引擎火苗形成的一面墙。等他们离得更近的时候，英国人从轮廓上认出了那架飞机，看上去飞机像是一列火车车厢从上面进入到一个尚未完工的摩天大楼中的最下面。

英国人静静地看着这个庞然大物，饶有兴趣问着："你们不要骗我，这个东西不是整体到天空上去的，我以前也看到过。"

"这样，保加特上尉和我一块，麦金尼斯和另一个一块，一共是两块。"

"它是在另外一个地方吗?"

麦金尼斯回道："不是你想象的那样，保加特已经不知道在哪儿了，飞机是整个上去的，大云雀在空中飞翔的时候看见吗? 或者大秃鹰一样。"

英国人嘀咕着："大秃鹰？好吧，我的意思是，那就把它比喻成一个快艇在空中飞的过程。"

麦金尼斯一边说一边把一个冰冷的瓶子塞到他手上，"当你觉得身体不舒服的时候，就打开它喝上一口，明白吧？"

"会吗？我会感觉到不舒服？"

"那是啊，全都会这样的，在我们往上飞的部分阶段，你把它喝上一口，不过有的时候你还是禁不住的。"

"禁不住什么？我不太懂。"

"就是别朝外面，特别是朝着飞机外吐。"

"别朝外面吐？"

"你要是朝外面吐，风会把它们全都带到我俩脸上的，我俩就没法再驾驶这东西了，这下明白了吧。"

"那怎么办，要是还是禁不住要吐呢？"他们的对话是如此小声、简洁、正经，似乎像是在谋划什么阴谋一样。

"头朝下吐就可以了。"

"噢 好的。"

保加特这时候也到了这里，"麦金尼斯，指导他一下怎么爬进飞机前舱。"因为那里的机身是斜着的，通道会变窄，所以得从机腹的活板门那里爬着过去。

麦金尼斯说道："进去以后继续往前爬。"

英国人回道："这么小，就像是一个狗窝嘛。"

"这东西简直就像给每个人量过一样设计的。"他弯着身子冲通道里喊："爬到顶处，那里有一个刘易斯机枪，看到了吗？"

里面传出回音："我发现了。"

"负责检查武器弹药的人很快就会来，他会通知你，那上面并没有塞子弹。"

"子弹在啊！"声音还没停下，那边枪声就传来了，很急促的几发，那边随即有几个人喊叫了起来，机腹下惊叫的声音最大。

"放心吧，我开火之前，方向都调到西边去了，那里没有人，只有办公室什么的，原来在船上的时候，我和龙尼去任何地方，都先这样试试，不过今天我确实有点操之过急了，抱歉啊，我好像到现在还没告诉你们我的名字，顺便说一下啊，我叫克劳德。"

地面上两个军官朝这面跑了过来，刚才子弹都是朝西的。旁边一个军官有点怀疑地说："他打的时候还能辨别出来哪里是西啊？"

"可别忘记了他可是个水手，方向应该能分得清的，似乎他还会用机枪呢。"

军官回应道："只希望他还记得那门手艺吧。"

英国人在舱里不断调高自己的位置，下面的保加特距离那里十英尺，频繁地望着他的影子。对身旁的麦金尼斯说："这家伙好像真会用那个枪，而且看那样子已经调好了自己的鼓点节奏，刚才开那枪可不是这样。"

麦金尼斯回道："确实，看那样子他还真记得怎么用那个枪，像是和他的家庭教师从威尔士山上往下瞭望呢。"

保加特调整了一下驾驶方向盘，自言自语道："或者我不该把他带上飞机。"

旁边的麦金尼斯并没有回应。

英国人正在机枪舱里不停地调整着机枪的位置，向下方左右瞭望。

保加特跟他说："我们飞到那边去把弹药都扔给他们，然后就返航回来。唉，国家整整动乱了近四年，可是它的士兵们却从没把枪对过敌人。"

麦金尼斯说："这可真是够讽刺的，简直是一种耻辱啊。他今晚会见识到的，除非把头缩得很低。"

他们飞到了投弹地点，麦金尼斯开始拨动投弹开关，就连这个即将开战的时候，英国人并没有任何畏缩。下面的防空灯扫到了他们，其他飞机收到保加特的指令继续往下俯冲，飞机伴随着引擎巨大的轰鸣声，在下面一个个炮弹炸开的火海中穿梭。火光中英国人如小孩般高兴的脸上显耀着无比的英勇，而且他在用枪对准下面开火的时候，瞄得很准，从飞机外看着他的脸，就像是在舞台上的被灯光聚焦投射的演员一样。

保加特操纵飞机位置更低了，盯着下面的目标晃晃悠悠地进入他的屏幕的准星当中，他抬起右手，等待麦金尼斯也看到下面的目标。划下手臂，炸弹脱离投射器的咔哒声和咆哮声透过引擎传到他的耳中，投弹后飞机因为重量减轻了，随即一直向上冲去，过了云层，太阳光照射了进来。他不断地调整飞机的方向，使飞机从下方的火海中穿过，又侧着身飞跃到一个光丛中，他这段时间没有任何空闲时间，当飞机冲向阳光的方向时，这段时间很长，足够用来看英国人把身子探到很外面，朝着起落架和机翼的后边观望。也许他是不是从书上知道了这些技能，保加特来不及继续往下想，心想着先把航程飞完再说。

投弹结束了，除了引擎的轰鸣声，周围又回到了安静的状态，黑暗带着冷风重新笼罩了这里。麦金尼斯回到了座舱，发射了彩色信号弹，转头看着下面的探照灯仍然在搜索着投弹的飞机，他又坐了下来。

麦金尼斯说道："都搞定了，你说的那四架目标飞机我都给炸了，现在咱们可以返程了吧?"他往机枪舱的方向看了看，"那小伙哪去了? 你不是把他当作炸弹给扔到下面去了吧?"除了那个机枪还能看出来之外，那个位置在星光下模糊一片。"喔，他在那里呢，弯着腰，唉呀，我跟他说过别吐的。"

"噢，我看见他的脑袋了，但脑袋又沉下去了。"

"告诉他不要到处动，让他知道德军的飞机随便一个中队都可能在半个小时内过来还击我们。"

麦金尼斯屈着身钻到入口处，冲他喊道："回来！"

他因为呕吐的原因几乎大半个身子都屈在外面，他俩面对面像狗一样地蹲着，旁边引擎巨大的轰鸣声使得他们之间即使大声吼叫也有点听不清对方在说什么。

小伙子惊叫道："炸弹来了。"

麦金尼斯回道："那是炸弹，赶快回到你的机枪位置上去，待会德军会蜂拥而至的。"

小伙子还有点担心地问道："炸弹，问题应该不大吧？"

"你小子，赶紧给我回去，回到机枪前，炸弹没事的。"

麦金尼斯回到驾驶室里，对保加特说："需要我来开一会吗？"

保加特一边把驾驶方向盘推向他，一边说："我倒希望德军白天过来回击咱们。"

麦金尼斯回道："嗯。"突然猛然间扳了一下方向盘。"你来试试，刚才我一直是用备用右翼在飞。"

"这我刚才还没感觉到呢，具体哪个位置呢，是因为线路的关系还是被炮弹给蹭到了，不过你可得当心点啊。"

麦金尼斯开玩笑地说："明天还得坐他的船出海呢。"

"你明白的，我已经答应他了，所以怎么也不能伤害小伙子的感情吧？"

"这样说的话，那你应该把克利尔也带上，他可是会提着他那个曼陀林琴的，这样你们就可以一路飞一路唱着了。"

"那是我答应他的，你把右翼稍微调高一点。"

大约半个小时后，天开始亮了，但天空中仍然灰蒙蒙的。"瞧吧！他们这就来了，像九月份的蚊子一样缠着你，我倒是希望他这下不会以为自己是在做什么海狸游戏，那样即使输的话也顶多是输给那个龙尼，除非那家伙留了一大把胡子，喂，你还要方向盘吗？"

已经到了早上八点钟，海滩、陆地已经在飞机的下面了，伴随着保加特调小了油门，飞机渐渐地下落，海上的空气迎面扑来，经过这一晚，他的脸明显有点疲倦。

麦金尼斯也真是累了，脸上的胡子胡乱地长在那里，他应该去整理一下胡须。

看着小伙子在那又开始四下张望了，"你觉得他这会儿又在搜寻着什么？"

保加特回道："不清楚啊。"他开大了左引擎，"应该让机械师检查一下什么问题，也可能是弹孔造成的。"

麦金尼斯说："我可以保证，他以前即使爬山也不会看得这么远的，之前的战斗中一个闪光弹几乎都要打到他的后背上了，但是可能他还是想看一看海洋，但是之前他在船上出海的时候应该看到过啊。"当时保加特调整了飞机角度，机头朝着空中的方向，下面的沙滩、潮水往后飞去，然而他仍然把大半个身子放在机外，脸朝着右翼后面在观望，脸上显示出像儿童一样对新事物的兴致，飞机引擎关闭后，他的表情仍然没有变化。麦金尼斯和保加特从飞机里爬出来的时候，他的脸上仍然好像兴致盎然地在等待着什么，他的声音中透露了高亢和兴奋。

"太了不起了。真应该让龙尼见识一下，这位置判断得多精确啊，可能飞机和船感觉不一样，空气的冲击不会给人带来压力的感觉。"

麦金尼斯跟他说："你们感觉不到什么吧，其实是那个炸弹啊，它非常美，我们不会忘掉它的，那小伙子真了不起。"

一会的功夫麦金尼斯才反应过来，用着几近惊异的声音问："炸弹?"两个人看了对方一眼，几乎同时喊道："右翼"，接着两个人急忙从滑板里出来，绕到右翼下面，小伙子跟在他们后面，那颗炸弹像铅锤一样，锤子挂在右侧滑轮边上，炸弹的头部刚好触地，和滑行痕迹相平行的是那个炸弹在跑道上划过的细长轨迹。

身后的小伙子嗓音很高亢："当时我真的是被吓坏了，我一个人本想告诉你们来着，但是一琢磨你们在这个事情上应该比我内行多了，是的，我会永远记着这个的。"

保加特被一个手持刺刀步枪的水兵指引进码头上一个停放小船的地方，码头非常空旷，之前他根本就没见到那里有艘船，直到他走到水边并垂直看着，才发现了小船里边有两个裹着厚厚劳动服的人，他们扫了他一眼，然后继续弯下了腰。

船身被涂上了蓝绿色的伪装漆，长三十英尺，宽三英尺。前边是上层甲板，旁边是两个不灵巧、不垂直的排气烟囱。保加特看到这个，有点惊讶。假如那一层全都是发动机的话，后边应该是驾驶座位，他看到了一个大的方向盘，一个仪表板，都是用涂了伪装漆喷涂过的厚厚的挡板围着，这个挡板大约有一英尺高，从船尾一直包到船尾甲板边上。只有在横向上，它是开放的。驾驶室中正对着驾驶员位置的是挡板上的像眼睛一样的洞，半径大约四英寸左右。他继续朝船身看过去，船尾的地方还安装了一架可变换角度的机枪，旁边布置的是稍微低一圈的挡板。

他心里沉静地想着，这应该是钢做的。他的脸色更加冷峻了，看着内心有着很多的顾虑，他整了整军大衣的扣子，身体感觉有点冷了。

后边脚步声由远及近，一个传令兵走向他，他转过身来，那个传令兵给了他一个大纸包。

传令兵说道："这是中尉交给上尉的东西。"

保加特接过纸包后，传令兵和水兵都离开了，他打开纸包，里边装着几样东西和一个字条。一个崭新的黄段子做的沙发垫子和一把日本遮阳伞，很容易看得出来，这应该是借来的，还有一把梳子和一卷手纸，字条上的内容是：照相机找不到了，我也没从克利尔那里借到曼陀林，但是，龙尼可能借助梳子奏乐。

保加特望着这几样东西，仍然是一个忧心忡忡的脸，表情严肃。他把这几个东西重新包起来了，走回到码头边，静静地扔向了水里。

他正在往那艘船走的时候，看到两个人正在向他靠近，他马上就认出了那个小伙子，他还是那么高瘦，而且正在那里夸夸其谈起来，另一个同伴比他要矮一些，他的脑袋偏向同伴那边，拖着步子走，手放到裤兜里，嘴上正在点着一个烟斗。在啪嗒啪嗒的雨衣下面还是那件小夹克，不过已然不是那顶粗俗的便帽了，现在已经换了顶步兵常戴的瓦盔帽，上面拖着像帘子一样的布，有点像阿拉伯人戴的头巾一样，在空中飘舞，恰似在跟随他的声音。

还有一百多码的距离，他叫了声："伙计，你好啊。"

此时，保加特望着的却是另外一个人，他琢磨着今生他还没有见过穿着这么奇异的人。他那个·高一低的双肩，头有些低着，从脸就能看出来是一个非常坚定的人。小伙子比他要高一个头左右，脸也是红红的样子。但是脸上有一种和这个年纪不符的凝重，差不多到了淡漠的程度。那是一张时刻梦想着让自己看着像二十一岁的人的脸。上身套了一件高翻领球衫，下身穿了一条粗布裤子，外套是一件皮夹克，最外面是海军军官常穿的大衣，后面长的几乎都到了脚后跟，肩章早已不在了，纽扣也都掉光了，一颗也没有剩下。头顶着前后带帽檐的鹿人便帽，一条丝巾一直到脖子下面，耳朵也放在帽子里面了，丝巾的尾部在脖子上又围了几圈，最后在左耳后面打了个套结。丝巾黑得让人无法相信，再加上他的手深深地放在裤兜里面，双肩佝偻着，头低垂着，看着像是哪个傀儡巫婆一样。

小伙子向他大声介绍道："这就是上尉，这位是保加特上尉。"

保加特伸出手来道了声好，对面那位并没有回应，但是手还是伸过来了，有气无力的，手没什么温度，但还算结实，上面有些老茧，但是还是没有说什么，只是扫了保加特一眼。

然后便把眼光移开了，但只是那一瞬间，保加特好像从他的眼神中看出来了什么一种非常奇怪的表情，闪出一种隐藏着新奇的敬重，恰似十五岁孩子在看马戏团的空中飞人。

但他还是没有吭声，低着头继续往前走，保加特望着他逐渐地从码头那边消失，像是整个人跳进海里一样，但这时原本看不见的小船引擎发动了。

小伙子对保加特说："走吧，咱们也到船上去，他碰了下保加特的胳膊，那边看到了吧?"他的声音突然兴奋高昂得尖利起来。

保加特小声地问道:"那是什么啊?"因为积累下来的经验，他情不自禁抬头往后方看了一下，小伙子握着他的胳膊往海港那边指去。

"在那啊，往远点的地方看。"那个像艾尔根街，正在移动着呢，港口对面停着一个破旧、生锈、背部深凹进去的壳子，然而并不大，看不出有什么特点来。保加特好像想起来什么，就朝着那个船桅望去，只看到那个缆绳和帆桁形状上有些奇异。

只要你有丰富的想象力，就往那个方向想象，篮状桅杆啊! 小伙子开始大笑起来，他小声地问保加特:"你觉得龙尼看出来了吗?"

保加特回道:"我不知道。"

"上帝啊! 要在龙尼看到那个之前就喊出他的牌，我们之间就算是打平了。不过，来吧，先往前走走，他仍然大声笑着，小心啊，这扶梯已经不太好用了。"

小伙子先进到船里了，里面两个水兵敬了礼。龙尼也进去了，保加特谨慎地往前爬着，这是一个通往甲板下层的小舱口。

保加特说道："我的天，你们天天就这么爬上爬下吗?"

小伙子回道："是有点说不过去吧?"依然是高兴的声音，"但是你总应该明白了为什么上面的人总用这种破玩意来应付我们，却又诧异我们怎么就打不成胜仗的原因了吧。"船身本身非常的窄，而且上面还很滑，他们好不容易才挤了进去，即便是又多了个保加特的重量，船仍然是感觉像是在草地上浮着，当露水特别多的时候，船就像是一个薄纸片一样飘到敌人的面前去。

"能这么严重?"保加特问道。

"真是这样的，其实他的优点就在于这个，你明白了吧?"

保加特并不清楚，这个时候他还在看着四周，看看哪里能让他坐下来，其实上面根本就没有座位什么的，只有一根圆柱般的粗脊椎骨从船头一直到船尾，龙尼又出现在他面前，这个时候他坐在仪表盘上。但是他朝背后看的时候却并没有说话，脸上也仅仅是带着一种问询的表情。这时他的脸上又多了一道不短的污痕。小伙子此刻脸上也是神情冷漠的样子。

小伙子说："可以了。"他向前面看，那边水兵也已经不在那里了。"都准备好了吧?"他问到。

水兵说："是的，长官。"

另外一个在船尾的水兵也回应道："已经准备好了。"

"解开缆绳。"

小艇开始转弯往前走了，船尾像是开锅了的水一样，发出哼哼的声响来。

小伙子低头看着保加特，心想着："真是有点傻啊，这都是有四条杠的官了呢。"

他表情变换得很快，用一种很关心的神情问着："你待会儿会不会冷啊？我忘记了给你带上一件衣服了。"

保加特说："没事的。"他已经开始脱他的雨衣了，"真不用的，我肯定不会穿你的衣服的。"

"那等你觉得冷的时候一定要告诉我啊。"

"那肯定的。"他低下了头去看着那个他正坐着的圆柱体。精确点的说法是它其实只是个半圆柱形的，更像是一个硕大的火炉上的热水壶，下半部分稍微往外延，最下面和船底钢板用螺栓固定在一起，这个半圆形柱体与船体的两侧空间小的只能放下一个人的脚。

小伙子解说道："这个叫木瑞尔号。"

"木瑞尔?"

"对的，它之前是叫阿加莎号，和我姨妈的名字相同，之前我和龙尼一起开的前一个叫做阿里斯，听着很有趣吧?"

"嗯，你和龙尼都开过三条船了啊。"

小伙子低下了头回道："是这样的啊。"他小声地跟他说，"等咱们回来的时候再谈这个。"他的脸上又浮现出了精神饱满的神情。

保加特说："好的。"从船尾看去，船已经开始动了，他心里想着："上帝啊，我们真的开始往前开了。"这个时候他望着船的两侧，港口快速地向一边倒去，于是他琢磨着这小船有没有他那飞机离地时候的速度快。虽然他们还没完全离开停靠港湾，但是在船上已经能感觉到一个浪尖接着一个浪尖拍打着船身，随之带来了很明显的震动。他得按在那个圆筒上，他低头再次看了一下，好像它一直通到船头龙尼座位的下面，然后没入到船尾的地方。我觉得里面应该是空气吧。

小伙子有点没听清："你说那是什么?"

里面存的是空气啊，可以使得船只在海里浮得高一些。

"对啊，我打赌就是这样的，怎么我之前没有想过这个作用呢。"他继续往前走，头上的盔巾在风里飘动着，他在保加特的身边坐下了，他们的脑袋都放在挡板的下面。海港还在逐渐地消失，船这个时候高度不断上升，往前面跃着，突然船会猛然地发生震动，差不多停滞在那里，然后又会蹿起来继续往前跃着，浪花就像散弹一样洒向他们。小伙子说："我觉得你还是应该穿上这件大衣。"

保加特并没有回应，转过头来看看小伙子的豁达的脸。"我们已经离开内海了吧，是这样吗?"

"你说的对，所以还是请穿上它吧，怎么样?"

"没关系的，真不用，我觉得这种情况时间应该不会很长。"

"是这样的，我们马上就拐弯了，然后情况就会好点的。"

"对的，等我们拐弯了，情况就会好点的"，刚说完没多久，他们真的拐弯了，已经没有那么多的大浪，所以水流也平缓了很多，此刻已经不像是在浪上穿行的时候那种让人不舒服的跃动或者突然停滞。保加特朝船外看去，"我们现在应该是往东边的方向行驶吧?"

小伙子回答到："其实是有点偏北的方向，这样我们和水流的方向一致，还能更顺当一些，是这样吧?"

保加特回道："对，船外现在什么都没有，除了甲板上那如细针一般的机枪，两个水兵安静地蹲在船尾。"

"对啊，这样会顺一些，我们需要航行多远呢?"

小伙子身子更弯了，并往前移动了身体，他装作神秘地以欢快骄傲的声音低声说："这次要是龙尼的主场，他能想出这招，也不是我琢磨不出这个，早晚都可以的，比如如何招待人家等等这些东西。但是毕竟他年龄要比我大些，而且脑子转得也快，像是什么礼节上有来有往，别人位置比较高就要给予重视等等的问题，我今天一跟他说，他就想到了这些。我跟他说：'欸，我在那边的几天，可是开了眼界了'。他问：'不是飞吧?'我说：'上天上往下撒胡椒面呢'。他问：'飞了多远，可别又瞎说啊?'我说：'感觉可是不近啊，我们整整飞了一个晚上'。他接着问道：'飞了一晚上，那不到了柏林了啊？'我说：'具体什么地方我还真不知道，不过应该也差不多吧'。然后他就开始思考这件事如何安排，我能察觉出来，因为他年纪稍大一些，他在待人待事方面确实有可取之处。这时候他又说：'去柏林，对那位天上飞的来说可不是什么有趣儿的事，随我们一块冲上去又杀回来。'于是我说：'可是靠咱们的船带他去柏林的话，距离实在是办不到啊，而且咱们也不知道怎么往那边开。'他说话了，说得特别快像机关枪一样：'可是我知道怎么去基尔的路'"。

"啊？去基尔，就靠这么小的船吗？"保加特听到这话先跳起来了。

"千真万确，龙尼琢磨出来的，即便他是个固执的老头，还说去过什么柏林，那这次我们就得给他露上一手，看看咱们的绝活。"

保加特此时转过头来，对着小伙子认真地说："这艘船的用途是什么？"

"用途？"还没等着他俩回应，他自己貌似反应过来了，他把手放在圆筒上，问道："这里面应该不是空气，是一枚鱼雷，对吧？"

小伙子说:"我本以为你早就猜出来了呢。"

保加特说:"起初我是不清楚的。"他的声音听着好像从远处而来,没有什么情感色彩,更像是一只蛐蛐在叫唤着:"你们是怎么让它启动的?"

"启动?"

"就是你们怎么让它喷出去,刚才我在舱口的位置看到的是引擎,引擎就位于管子顶端的前面。"

小伙子继续说道:"是的,只要你动一下卡在鱼雷上面的卡子,鱼雷就会从船尾部发射出去,船尾的螺旋桨碰到水就会开始转动,这个时候鱼雷也随之准备就绪,这个时候你所需要做的就是把船头扭转过去,鱼雷自然会朝着船行进的方向。"

保加特说:"那你的意思是说当你们把小船作为目标瞄准时,就会把鱼雷放下,鱼雷开始在水里行进,你们就会调头给鱼雷留出空道行进?"

小伙子回道:"就料到了你有很强的悟性,我当时也是跟龙尼说呢,咱们也许没有空军那样打击敌人的凶狠,但这其实也是受制于环境,我们只能尽力而为,在水中也只能做到这一步了，我相信你是能够明白的。"

保加特说："听着"。这个声音在他那听来是够冷静的，小船一边快速地航行着，一个又一个的浪花使得船摇来摇去的，他努力使自己能够坐住不动。他好似听到了自己内心的独白："继续问他啊，问他定什么呢？比如鱼雷在发射前应该离船的距离。"他强制镇定了一下，想继续跟龙尼再说上几句，可是他又感受到自己的声音已经小得快要连自己都听不清了，因此思绪停住了，他坐在那里一动不动的，盼着自己重新冷静下来。小伙子这个时候仰着身子，想看看他的脸。

小伙子再次以关心的口气问道："你是身体觉得不舒服吧，这种吃水浅的船就是不太稳的。"

保加特回应道："并不是由于这个原因，我只是听着你们的建议说是去基尔。"

"不对啊"他俩让龙尼做个决定，"我们能把船开回去就行了，今天主要是为了表示对你的感激之情，这全是龙尼的想法。不过和飞行比起来，这个就不够刺激吧，但是你更想哪一种呢？"

"嗯，还是去一个距离近一点的地方吧，你懂的，我

......"

"这个我懂得的，现在是战时，是不能休假的，我去找龙尼讲讲去"，于是他往前走了去，保加特并没有动，他沉静地看着船外面，对着四处散落的水花，对着天空那边。

"天啊！"他肯定是觉得这根本比不上吧，小伙子回来了，望着保加特毫无生机的脸，"那就这么定了吧。"

小伙子对着保加特说："那就这样吧，咱们不去基尔了，去距离稍微近点的地方，全当是去打猎了"。小伙子从兜里使劲地掏着一个东西，是一个玻璃瓶，"昨晚忘记拿给你了，不舒服的时候就喝上一口。"

保加特拿过瓶子直接喝了一口，感觉像是在灌一样。他把瓶子递给了小伙子，但是他没有接，"我们有任务需要执行的时候从来不喝，跟你们那些哥们儿一样，这里并不是那么乱。"

小船继续往前航行着，太阳已经开始要落了，可保加特完全找不到了对时间、对空间距离的感知，前面，通过看着龙尼的脸，可以看到他的脸部的圆润，可以在空旷的大海之上看见龙尼的手握在方向盘上，侧面看得到他的下巴以及烟斗。

小伙子弯身下来碰了碰他的肩膀，他半屈着身体好像给他指着什么。在太阳的余晖下，离他们大约两英里的地方是一艘拖网渔船，上面一根根的桅杆正在挪动着。

小伙子喊了起来："灯塔船。"

小船继续向前，保加特能够看到了前方是一个海港的入口，旁边是一排排低矮的、平整的防波堤。小伙子挥舞着手臂喊着"咱们从水道那边走，这儿下面到处都是水雷，咱们可得离开这些邪恶的东西。"

轻轻的波浪在抚摸着防波堤，小船这个时候已经快要进入波涛之中了，好像从一个波浪穿越到一个波浪之中，引擎当船尾螺旋桨提高到水面之上的那一时刻，好像是在尽力把自己从海中给拽出来一样。但是小船并没有降低速度，当越过防波堤尾部的时候，小船几乎以船舵为支撑，整个要直立起来了，样子看着像是一条旗鱼。防波堤离他们有一里地远，上空开始闪烁出萤火虫的光芒。小伙子身体屈得更多了，"注意照顾机关枪，它是可以拦着流弹什么的。"

"我需要做什么吗？"保加特喊着。

小伙子脸上带着凶狠的表情，"果然是一个好汉，只要痛骂它们就可以了。""我可以用机枪的。"

小伙子喊道："咱们还不用，前半截先给他们机会，像是体育比赛，观众愿意看，明白吧?"他继续往前看，"看见船了吧，就在那儿。"

小船已经进入了港口，前面就是港湾的浅处入口，一艘货轮停靠在他们面前，货轮上面用油漆漆着一副巨大的阿根廷国旗。"马上各就各位，准备战斗!"小伙子喊着。龙尼第一次开口说话了，但只是轻微地动了一下下巴和烟斗，嘴角吐出了一个词："海狸。"

小伙子屈着身在他自己称为"开关"的部件上，这个时候突然跳了起来，脸上充满了惊讶、生气的表情。保加特也朝那边看，龙尼的胳膊指向了右侧船舷。离他们一英里的地方有一艘轻型巡洋舰，正在他们还在看着他的篮状桅杆的时候，它的后炮塔开炮了。"大爷的，你倒推球了，你真是厉害，现在你已经赢了三局。"等他再次屈身在开关上的时候，他的脸上又展露出了镇静、坦然自若的神情。保加特看着他，感觉小船在以船舵为中心转着，突然以难以想象的速度径直冲向这艘轻型巡洋舰去了，龙尼一只手操控着方向盘，一只手平伸着，使得脑袋和手在一个水平线上。

保加特感到手可能是落不下了，他半屈着身体，以一种沉静的恐惧盯着那个国旗离他越来越近，感觉像是在铁轨上拍摄火车头靠近的电影片段。他的背后，巡洋舰的炮弹又一次爆炸了，并且货船甲板上也开始朝他们开火，不过保加特好像并没有注意到这些。

他喊道："我的天啊！"

龙尼的手再次放下，小船再次以船舵为中心转了起来，保加特看着船前部从海里升了起来，他以为船身的边舷会撞上大船的，但是并没撞上。小船在海上划长线远离了这里。他正等着小船拐大弯朝着海面开过去，小船开到了货船的前面，接着他脑海中想起了那个巡洋舰。"这次小船是不是要遭到巡洋舰的攻击了？"但是出他意料之外的是：小船来了个急转弯又冲向了货船。他突然从自己的思绪中惊醒过来。自己的小船正在迅速地靠近货船，近到穿过货柜的时候足以看得清甲板上的人。刚才他们没有被击中，这时候肯定是计划着把那鱼雷抓回来重新向他们发射吧。他这个时候有点像傻瓜一样想着。

小伙子碰了他肩膀一下，让他明白自己就在他的旁边，镇静地说："在龙尼的座位那块有个扳手，麻烦传给我一下，好吗？"

他搜索到了那个扳手，并递到了后边，他又像做梦一样地思考着："麦克来之前跟我说船上已经安有电话了。"他并没有去看扳手是用来做什么的。因为寂静中笼罩了恐惧，龙尼还在咬着那个没有了火的烟斗，操纵着小船以最快的速度在围着货船绕圈，小船离它是那么近，几乎都能看见货船上的铆钉了。他有点兴奋和恐慌，他终于看清楚了扳手的用途，小伙子正在用扳手拧着圆筒深处的一个东西，看着像是绞盘什么的。小伙子望了一下他，兴致勃勃地跟保加特说道："刚才那次没发射出去。"

保加特呼喊着："没射出去！"

小伙子和另外一个水手正抓紧弄那个绞盘，"是啊，刚没射出去，这种情况经常发生的"，他们就再重新弄一下。

保加特声音非常大："可是那里不是有弹头、雷管，它们还在圆筒那，不影响吧？"

"放心吧，没问题的，看它又开始动了，这时候装好炸药，螺旋桨也开始工作，把它放回到原来的位置就行了，不过要是这动作中断或者耽误了时间，那它就真的射不出去了，只能再重新回到管子里了。"

保加特这个时候也站直了，转身以便自己在旋转的小船里能够站稳。他们上面货轮仍然看着像电影里添加的特技不停地旋转着，"我来弄扳手吧。"

小伙子回道："一定慢慢来，要是把它拽得太快，它会自己卡在管口的地方的，哈哈，那样我们船上的每一个人就都完蛋了。"

保加特回道："那肯定的。"他身子半屈着，双手按在冰凉的圆筒上，他感觉身体内有巨大的热流在涌动，但是身子确实那样的冰冷，有几次感觉到因为冰冷而发生了抽搐。他盯着船尾的那个水手，结实的手臂正在轻松地拧着那个绞盘，每拧上一下，大约有一英寸那么长吧。另一边小伙子也坐在圆筒的另一端用那个扳手正在敲打着筒身，一边敲一边用耳朵在聆听着里边的声音，像是钟表匠一样那样讲究。小船就这样一边旋转一边朝那边冲过去。保加特感觉好像是口水从他自己的双手滑过，仔细一看原来是自己的嘴里滴下去的。

小伙子在跟他说话，但是这个时候他根本没有察觉到，后面小伙子已经站起来了，他只是感觉到小船开始笔直地航行了下去，他被甩到了圆筒的旁边，水手也回到了船尾，小伙子重新按在他那些开关上了。保加特这个时候跪在甲板上，觉得特别不舒服。小船再次调整了航行的方向，但是他并没有意识到。旁边的巡洋舰刚才是怕击中货船所以并未朝这边开火，现在开始朝这边攻击了。此时他感觉货船的那幅巨大的国旗又离他越来越近，越来越近了。龙尼抬起的手放下了，他好像感觉到了鱼雷这次是射出去了，小船再次转动方向，像旗鱼一样立在水面上，像是在做特技表演，此刻他再也无法控制他那本已翻江倒海的胃了。他并没有看见喷柱也没有听见鱼雷的爆炸声，只是感觉到有个人抓住了他的外衣下部："小心啊，长官""没事，我扶着呢。"

他被一个声音叫醒了，还有一只手在扶着他。这个时候他身子瘫坐在窄过道上，他这样已经有段时间了。不大一会他觉得身上好像披了一件大衣，不过他并没有抬起来，"我已经好了，这衣服你用吧。"

"用不上了"小伙子一边说着，一边开始往回走了。

保加特说："不好意思啊。"

"没事啊，这船水位太浅，刚开始的时候胃都受不了这样，当初我、龙尼和你一样，而且每一次都这样，你可能都不信，胃里面竟然能倒出这东西来，来吧，喝上一口那瓶子里的酒，还能舒服一些。"

保加特喝了一口，便感觉身上舒服多了，也觉得暖和了，等再次感觉有人碰他的时候，他发现自己刚才都睡着了。

还是那个小伙子，身上那件夹克好像遇水以后小了不少呢，袖口处如姑娘般纤细的手已经被海水冻得发青，此刻，保加特才清楚自己身上的大衣是他的，小伙子先弯下身来高兴地告诉他说："刚才没注意到吧?"

"艾尔根街啊，你肯定没注意到吧，这样我也就输给他一局了。"

他用清澈的目光着急地盯着保加特的脸，"我刚才说的是海狸啊，这回你明白吧。"

"觉得好点了吗?"

保加特爬了起来坐在圆筒上，海港入口的地方就在他们前面，小船速度也没刚才那样快了，天慢慢黑了起来。"这样的情况经常发生吗?"

保加特拍了一下圆筒："鱼雷还是没发射出去吧。"

"对啊，就是因为这个原因，上面都安装了绞盘，但那都是后来的事儿了，刚开始制造出来第一天就全被炸烂了，所以才改进安装了绞盘。"

"那现在就完全安全了吗？我是问现在啊，比如是不是即便装了绞盘，它还是会被炸飞的。"

"那还真是，可能发生的，比如船出去执行任务，没有回来很正常，很多东西是查不出来原因的，但没有听说有船被敌人给捕获到的，至少我们还未遇到过。"

"对啊。"

他们的小船回到了港口那边，但是船速还是很快，此刻发出了扑扑的声音，小伙子很高兴地再次把身体挪了过来。

你们站直了身体，清了清嗓子然后大声地说道："大家注意啊"他对着隆尼说，但是他并没有回头看他，但是保加特看得出来，其实他有在听，"那艘船挺好玩的，是吧？你说我们怎么进去的呢？而且经历这么多我们还返回到了这里，这是一件多么神奇的事儿啊，而且法国人应该会买下那些小麦的。"他突然停住不说了。"咱们应该有很长时间没有开船到外面去了啊！"

小伙子轻轻地观察着，虽然他说话的声音很小，但是他们还是看见了那个篮状桅杆，在暮色弥漫的天空下像剪影一样挂在那里，龙尼的胳膊马上举起并指向那边，可他还是头都没有转一下，只有那个冰凉的烟斗好像动了一下，从嘴角中蹦出了词："海狸！"

小伙子跳了起来，像一个松了筋的弹簧，也像是从项圈中重获自由的小狗，"你这人太赖了，那是艾尔根街，你太耍赖了，你现在只赢我一局这样，对吧？"这个时候他整个身子都在龙尼的头上，小船速度越来越慢了，朝着码头驶去。

小船继续向前漂浮着，水手又爬到了甲板的上层，龙尼最后一次说道："你说得对。"

保加特命令下面给他准备一箱子苏格兰威士忌，要选仓库中最好的，并且要把它包好了，还要找一个有责任心的人去完成这个事情。不过一会儿，那个人来到他面前。保加特指着那箱酒说道："你去那个十二街道的咖啡厅去找他，要是他没在那里，就去附近的地沟看看，他肯定在那里，这个人估计有六英尺左右高，你也可以随便找一个英国宪兵问一下，他们都会告诉你的，但是如果找到他的时候他在睡觉，就别吵醒他，等着他醒过来，然后把酒交到他的手里，对他说是保加特上尉给他的。"

那事过了大约一个月左右吧，从美国军用机场传来的一份不明来历的伤亡公报中写到："英国皇家海军后备队鱼雷艇准尉——博伊斯、霍普以及水兵若干，隶属于海峡舰队轻鱼雷师在执行巡逻任务后未能及时返回，目前仍处于失踪状态。"

过了不长时间，美国空军作战总部也发布了一个作战公报：

表彰奖励保加特上尉机组团队，包括麦金尼斯少尉、机枪手瓦茨、哈伯在一次没有侦察机掩护的情况下飞入敌军战线，并摧毁了他们的军火库，然后携带着剩余炸弹在敌方战机几倍于我方的情况下，炸毁了敌军在布兰克的总部，成功摧毁其城堡，并在无一人伤亡的情况下返回基地。

其实表彰还应该加上一句：如果袭击失败，保加特上尉幸免于难并安然返回的情况下，他是要受到军事法庭审判的。

当时保加特带着最后的两颗炸弹，在飞临敌军总部进行俯冲的时候，下面的敌军们正在享用着午餐，飞机越来越近，越来越近。旁边的麦金尼斯在朝他呼喊，是否进行投弹，但是一直到他几乎都能看到城堡上的砖瓦了，才给麦金尼斯发射投弹的信号，他手臂立刻劈下并拉起机头，在飞机的狂吼中，他有点喘不过来气，心里想着："上帝啊！希望敌方和我方的所有军官、上将、总统、国王，所有这些人都在下面吧，去它的战争。"

曾有过这样一位女王

一

　　下午的时光总是悠长的，这个面积庞大的方形住宅以及周围的院落安静地、昏昏欲睡地坐落在这片土地上，自从约翰·沙多里斯一百多年前来到这儿建起了这个宅子，除最后的一个贝亚德外，他本人以及儿孙都在这里死去并埋葬在这里。埃尔诺拉从她的后院小屋走到院子里来了。

　　所以，此时的沉寂是女人们的沉寂。当她经由后院向厨房门走去的时候，想起了在十年前这个时候发生的事情，那是和她同父异母的哥哥老贝亚德（尽管他俩是兄妹的可能性非常小，可能连他们自己以及贝亚德的父亲都不清楚）正在后廊那块儿散着步，喊着马棚的黑人为他准备马匹。但是现在他也已经离世，包括他的孙子也在二十六岁青春年华的时候失去了生命，黑人男仆也不在宅子里了，埃尔诺拉母亲的丈夫西蒙也已经不在人世了。而她的丈夫因偷东西被投进了监狱，她的儿子也去了可以衣着光鲜的孟菲斯城市里。所以，整个宅子就剩下她和老约翰的妹妹，而她自己本身已经九十多岁了，天天就坐在靠近窗户的轮椅上，看着窗户外面的花园。另外的女人是小贝亚德失去丈夫的女人以及她的儿子。弗吉尼亚是一八六九年到的密西西比州，是卡罗莱娜家族唯一幸存的人。当时她到的时候，全身除了衣服外，就只有一个篮子了，篮子里装着从老家窗户上摘下的几块镶有彩色玻璃的窗框，还有几个剪下的花枝和两瓶葡萄酒。目前她住在这个没有男人的家里，只剩下曾侄孙的寡妇以及小儿子，那男孩本名叫做本鲍，但是弗吉尼亚用她在法国战争中失去生命的叔叔的名字——乔尼叫他。黑人们呢，埃尔诺拉主要任务是煮饭，由他的儿子负责照料花园，他的女儿睡在她旁边的床上，像照看婴儿一样守护着这位老人。

埃尔诺拉一边从后院这边走，一边大声地对自己说着：

"其实没关系的，我是可以照料她的，并不用找别人来帮我，当时上校离世的时候嘱咐我的，不用请城里来的外人来。"咖色皮肤的她人高马大，因为是在做上校的家事，所以那张纤巧的脸总是抬得很高。

她正琢磨着安排她提前一个小时上工，当她正在小屋里弄的时候，小贝亚德的妻子带着十岁的儿子午后稍晚的时候经由草地走到了大门外。埃尔诺拉在房门的后面看着他们母子，她是一个高大身材穿着白色衣裙的人，在下午太阳的炽热照射下，向河边走去。埃尔诺拉并没有和其他白人妇女一样去揣测他俩要去哪儿以及原因。她自己本身就是个混血儿，她表情肃穆，用有些不屑的神情望着那个白人妇女。很多年前，那时宅子的继承者还在，她也是用类似的表情望着女主人训话。

两天前也是这样的情景，当娜西萨说要去城里一两天的时候，她让埃尔诺拉去照料年事已高的姑婆。埃尔诺拉心里想着："这话说得好像一直不是我在照料她一样，自从你嫁过来以后，你为别人做过什么事吗？我们从来也没有奢望过你做些什么。"这心里话她并没有说出来，她帮着娜西萨准备出门的东西，然后眼望着娜西萨和她的马车向着远离她的方向走去。她并没有说什么。心里却是在嘀咕着："你再也别回来了，真是的。"她一边念叨，一边望着马车驶离。但是奇怪的是，为什么几天内，早上她回来却又这么着急地离开后，又回来呢？中午的时间刚过，埃尔诺拉就从屋子里看到了她拉着男孩在那么酷热的六月阳光下穿过草地。

埃尔诺拉大声地嘀咕起来："哎，去哪儿是她自己的事情。"一边说一边踏上了厨房的台阶。"她是跑去城里了，留珍妮小姐一个人在轮椅上没人照看，除了我就没人照顾她了，不过这同样算是她自己的事情。"然后她又想大声地说出来："她出门我并不觉得诧异，只是她又回来了，我倒没想明白原因，但是我也不觉得惊讶，她一旦进了这个家门就不会再离开的。"然后她心平气和地对自己说："我不会兴奋和愤懑的，城里的贱货！"

她进到了厨房，女儿萨迪正在饭桌前吃着一盘萝卜拌蔬菜，一边翻着已经被手指沾脏的时装杂志。她问女儿："怎么不陪在珍妮小姐的身边，万一她有事可以叫你啊。"

"她暂时没有事，这个时候她就坐在窗前的轮椅上呢，娜西萨去哪儿了啊？"

萨迪回答道："这我不清楚，她和她儿子去外面了，还没有回来。"

埃尔诺拉不屑地哼了一声。脱下并没有系鞋带的鞋子走
进了充满花园香气和让人无精打采嗡嗡声的前厅，然后到了
书房，珍妮小姐正坐在窗前的轮椅上，她的头和胸部在来自
卡罗莱娜的彩色玻璃的映照下，特别像是一幅挂着的肖像画。
她身材清瘦，但腰挺得很直，外加小巧玲珑的鼻子，满头的
披肩白发以及雪白的羊毛披肩，下身穿着黑色裙子。她一直
向窗外望着，从侧向上看她的面部呈拱形，一动不动地坐在
那里。埃尔诺拉过来的时候，她转过头关切地问着："他们有
从后面回来吗？"

"没有哦。"埃尔诺拉回道。然后靠近轮椅。

她又看了下窗外。"我得承认我确实看不明白这些事情，
娜西萨忽然外出，忽然开始……"

埃尔诺拉到了椅子旁，用淡漠的语气说着："那懒家伙外
出一下也不错，她突然开始……"

还没等她继续说下去，老妇人就打断了她的话："你不要
那样说她。"

埃尔诺拉说："那都是真的，我没瞎编。"

"即便那样你也不能跟外人说，她现在至少还是贝亚德的

妻子,也是咱们这个家里的女人,至少现在还是。"

埃尔诺拉说道:"她这辈子也不会是这个家里的女人。"

老妇人看着窗外。"两天前她忽然在城里睡了两夜,要知道自从她有了儿子以后可是从来都没有离开过他,只有这次,她竟然把他单独扔在家里,却给不出正当的理由,刚回到家就把他带到树林里去。他可真是不想她啊,你说说母亲不在家的时候儿子能不想吗?"

埃尔诺拉说:"不会的,这个家里的男人少了谁都可以继续活下去。"

老妇人看着窗外:"他当然不会想她了,他们是从草地那边过去的吗?"

埃尔诺拉在轮椅后边回道:"那我不知道,只看见她们是往着河的方向去的。"

"往河那边?怎么会去那里呢?"

埃尔诺拉并没有回应,她像印第安人那样立在轮椅后面。

二

下午的时光所剩无几，夕阳慢慢地降落到和花园同一个水平线来。又过了一会儿，花园里茉莉花的香气就会弥漫到整个屋子里，甜蜜的味道浓郁得几乎可以触碰得到。窗前，她们两个纹丝不动，一个身体稍微向前立着，后面站着埃尔诺拉，她直立得像个雕柱。

阳光渐渐暗了下来，这个时候，娜西萨和儿子进了花园正在向房子这边过来。轮椅上的老妇人突然向前探了探身子，埃尔诺拉觉得这姿势好像小鸟一样在尽量挣脱着下身，想要到花园里去迎接那个男孩。她自己也向前探了一下身体，此刻老妇人脸上满是着急、慈祥关切的神情。当她们两个接近花园就要到门口的时候，老妇人突然把身子坐正了，"为什么？她们的衣服怎么全都湿透了，是穿着衣服到河里去了吗？"

埃尔诺拉说着："我去准备晚饭了。"

埃尔诺拉正在厨房里伴着莴苣和番茄组成的沙拉，然后用刀把面包分成一片片的（这种面包并不是用纯正的玉米粉制作的，但也不是软塌的饼），这是她——只有在不得已情况下，否则她不会直接说出她的名字的——教他制作的。艾塞迪和萨迪靠墙的椅子上坐着。"我对她没有私见。"埃尔诺拉说着，"我是黑种人的，她是白种人，但是她的孩子行为举动等并没有我的孩子好。"

艾塞姆说着："但是你和珍妮小姐可是互相都不对付啊。"

埃尔诺拉问道："你说什么?"

艾塞姆回着："我可从来没听到过珍妮小姐说她不好的时候。"

埃尔诺拉说着："那是因为珍妮小姐可是一个高贵的人呢，就是这么简单的道理。"

"你啥也不明白，因为你出生的时候已经比较晚了，除了她你没有见过其他人。"

艾塞姆说："但是我觉得娜西萨和其他人都一样啊，没什么差别。"

埃尔诺拉忽然走到桌子的另一边，艾塞姆灵巧地跳起身来，挪开了她面前的椅子，实际上埃尔诺拉只是要从柜子中取出一只大盘子。然后她又回到桌子前继续弄沙拉。

埃尔诺拉用淡漠的语气说着："是不是这个家里的人，取决于她的实际行动，而不是看名分，珍妮小姐褐色的手柔软灵活，当年她一个人来到这里的时候，周边到处都是北方人，从卡罗莱拉那边跑到这边来，其他亲属都离世了，只有约翰少爷在离她二百英里的密西西比那里。"她每次只有称呼珍妮小姐为"她"的时候，声音才会比较平稳。

艾塞姆更正她道："这里离卡罗莱娜可比两百英里多多了，我当时在学校里了解的有两千多英里呢。"

埃尔诺拉一直在干着她的活，好像没听到她的更正。"北方人杀掉了她夫妻和丈夫，然后还把她在卡罗莱娜的房子给点着了，当时大火就在她和她奶奶的头上蔓延着。随后她一个人到了密西西比，去投靠她唯一的亲人。那时候正值深冬，她除了挎着一个小篮子什么都没有带，篮子里面装着花的种子以及几块彩色玻璃框和两瓶葡萄酒，就是约翰老爷钉在书房窗户上的那个，这样她从很远地方就可以看得出来这里和她在卡罗莱娜的老家一样的。"她是在圣诞夜前夕到的这里，当时我们家里的所有人都在门廊里等着她，直到她的大篷车到了，约翰老爷扶她下车，在这么多人面前他们并没有接吻，老爷只是问候了一声，她也一样，然后等到他们牵手进了屋里，我们已经看不到的时候，她才哭出了声，要知道她是从距离这四千里的地方来的。

艾塞姆说："那么说这距离卡罗莱娜应该有四千英里的距离啊。"

埃尔诺拉并没有回应她，一边干活一边继续说着："在我看来，她当时哭得很伤心，因为我好久都不哭了，根本没有时间去哭，那些北方人真该死。"埃尔诺拉又朝着碗柜方向挪了一下，似乎是想用光着的脚分离开她的身体和声音。虽然她的话已经说完了，但是余音仍然在厨房里回响。她拿出大盘子放在桌边。手上还忙着拌着沙拉，这个菜完全是给其他人做的。"她以为可以忽然去城里找乐子，然后把珍妮一个人留在家里整整两个夜晚，只有黑人在照料着她，在这个家住了十年，吃了十年的粮食，却说外出就外出，回来连个原因都不讲。"

"我本以为你说的是珍妮小姐只需要你的照顾呢？那天我可是听你说，她回不回来？你都不在意呢。"

埃尔诺拉声音突然变得很尖锐，用一种鄙视的语气说着："她会不回来？耗费了五年的心思才追到手，怎么会轻易不回这个地方？贝亚德去战场上以后，她经常来珍妮小姐这里嘘寒问暖的，这些我可是都看得到的，让珍妮以为她是专门来照料她的，但是我心里清楚得很，她在那里搞什么阴谋，我清楚她们这些人如何迷住上等人，上等人不说破他们是因为他们品格很高尚，但我这不会。"

"这么说的话，鲍里肯定也不是什么好人了。"

埃尔诺拉转过头还没说话，艾塞姆已经从椅子上跳下来了。"快别说了，感觉准备晚饭吧。"她望着他去水池里洗手。埃尔诺拉转过身来，对着桌子继续忙活着她这道菜。"其实也不是她需要什么，不是鲍里需要他，也不是珍妮夫人需要她，而且那些已经离去的人，约翰老爷、贝亚德等逝去的人对她的需要，那些人已经做不了什么了，而她应该肩起这个责任来，应该对他们负责，我就是想表达这个意思，这些东西除了你珍妮夫人和我之外，你们都理解不论的。我对她本身没有私见，我只是觉得应该本着物以类聚的道理，高尚的人就该和高尚的人在一块。得了，你也穿好衣服，准备开晚饭了。"

珍妮坐在轮椅里，倾着身子从窗口望着花园里，她俩已经从花园那边过到房角这边了，她仍然探身看着花园。这个时候她听见她们走进屋里到楼梯上的声音了，她并没有变换姿势，也不再朝门口看了，而是朝着花园里的矮树丛看着，那可是当年她从老家带到这来的，那个时候还小得像火柴一样，现在都已经长得这样枝繁叶茂了。这个花园也正是她和那个要嫁给她曾侄孙的女人相识的地方。

　　故事回到了一九一八年的时候，贝亚德还很年轻，和约翰还都在法国，约翰在前线牺牲之前，娜西萨每个星期至少要从城里到这看望她好几次，那个时候她经常在花园里打理花草。她心里想着："你俩早就订了婚却不告诉我，不过倒是，你有什么心事也很少对我说。"可现在呢，我真是也搞不清楚自己当时是怎么就同意你和贝亚德订婚的，你这样一个不爱讲话的人，也许仅仅是因为存在在那里的原因吗？就比如那时候收到的信。事情大约是在贝亚德快要从前线回来之前的时候，娜西萨在这里停留了大约两个小时，她把一封匿名信给她看，上面全是一些污言秽语，发信的人似乎已经到了发狂的地步。她曾经劝说娜西萨把信交给贝亚德的祖父，由他去找到那个发信人并狠狠收拾他一顿。但是娜西萨并不同意，娜西萨说："我会烧掉信的，并忘了有这件事的。"她说着："行，我尊重你的决定，但是这种方式其实不对，因为我们作风正直的人不该忍让这种小人，如果不阻止他的话，他会继续这种方式干下去。"娜西萨说着："如果事情真那样发生的话，我再把信交给贝亚德的祖父不迟。"娜西萨解释道："您可能不明白我为什么不能让别的男人知道有人这么看我？我更愿意在世人都知道他到底犯了什么错的情况下去惩罚他，而不是在世人不知道他究竟哪错的情况下先用马鞭抽他，这只会让他继续想这个下去。我会把信烧掉的，然后忘记这件事情。""既然这样的话，你自己处理吧。"这件事之后没有多长时间，贝亚德从战场上回来，很快她们便完婚了，接着，娜西萨就搬到了这里，并怀了孕，当时孩子还没有出生，贝亚德就在一次飞行中不幸坠机身亡了。在那之后不久，老沙多里斯也离世了，儿子出生了，在那两年之后，她才想起来过问那封信是否还有寄来，娜西萨回道："没有的。"

在那之后，这个房子里的女人们过着宁静的、没有男人的生活。时常她会劝说娜西萨再找个丈夫重新生活，但是她总是很平和地给拒绝了，日子就这样一天一天过去，她们俩加上小男孩就这么过了好多年。而且她认定用孩子离世叔叔的名字为他起名。

大约一周前的一个晚上，有客人被娜西萨邀请来家里吃饭，当她听说客人是个男的的时候，她静静地坐在椅子上好长一段时间，心里想着："该结束了，本来就应该这样的，她本来就年纪轻轻，而且还要照顾一个生活无法自理的老太太，我也不应该让她学我这种方式，而且我也不应该对她有所期待，毕竟她不是这个家族的人啊！这个家族是一群高傲呆笨的已经离世的人啊，她和他们之间也没有血缘关系。"晚餐前客人到了，她的轮椅也被推到了餐桌前，客人是一个秃顶但还算年轻的人，看着很聪明的人，从他怀表链子上系着的纪念钥匙猜出他是个基督教徒。当他跟她讲话的时候，她原本压制着的愤怒突然爆发，她突然向后坐直，问娜西萨："这个北方人来这里做什么?"

气氛非常尴尬,他们三人直挺挺坐在餐桌之前,过了一会儿,那男人先开口说道:"夫人,假如当时你们也参战的话,我们北方人肯定全都活不成了。"

"不用你告诉我这些,你应该感谢你的幸运之星,因为和你祖父辈对战的只是南方的男人们。"随即便让艾塞姆把她推到自己的屋里去,晚饭也不吃了。回到屋子里以后,她也不允许开灯,也不去碰娜西萨送过来的餐盘,在黑黑的窗前,她一直望着客人离开。

过了三天之后,娜西萨忽然难以捉摸地去了城里,并在那里住了两夜,但孩子生下来后,她可从来没有离开过她啊,连一夜都没有,她离开的时候没有说原因,回来的时候也没有说。目前,珍妮看着她们全身湿透地回到了花园,可以判断出来,她们是到河里去了。

孩子进屋的时候已经换好了衣服,头发也弄得整整齐齐,但是还是湿着的,当他靠近轮椅的时候她并有开口,男孩告诉她说:"我们到河里去了,但是并没有游泳,只是坐在河里,她曾指给我看她能游到的最深的地方,但是我们并没有去,我们只是坐在那里整整一个晚上,我猜想她可能不会游泳。"

"噢，那肯定很有意思把，待会她来吗？是的，等她换好衣服就过来。"

"好的，如果你愿意，开饭前你还可以在外面玩一玩。"

"不啊，我还是想和您待一会儿，如果您不反对的话。"

"你还是先去玩吧，我这没关系的"于是小男孩走出了房间。

三

太阳渐渐落了下去，窗户那边也不亮了，珍妮夫人的银灰色的头发也暗了许多，像是碗柜里的银色器皿一样，或是彩色玻璃的窄窗框像梦一样平静、安详。她坐在椅子上，不大一会听见侄孙媳妇走上楼梯，她安静地坐着，全神贯注地看着门口。那时候娜西萨走了进来。

她三十左右，身体高大，身着白色连衣裙，在昏暗的光线下显出一种雕像般的姿态。"需要打开灯吗？"她询问着。

珍妮夫人说："不需要，暂时还不用。"她直直地坐在那里，望着站在屋里的娜西萨，她的白衣在风中飘动着，好像活人一样从寺庙的雕像变成了活人，她坐了下来，开口说道："是那些信。"

"等等。"还没等她说完，老妇人打断了她，"是茉莉花，我已经闻到了香味。"

"对的，是茉莉花。"

"天天这个时候香味就会飘进来，历经了五十七个夏天，只要到六月份，每天都差不多是这个时候开始，这种子是我从老家带过来的，我还记得第一年三月的一天，我整夜用烧报纸的办法给它的根部加温，香味你闻到了吧？"

"假如是结婚的话，五年前我就跟你说过，我不会责怪你，你一个年轻的寡妇，虽然有个孩子，但那是不够的，我不会因为让你学我而去责怪你的，我是这么说的吧？"

"是的，但是事情不是您想的那样。"

"没有坏到那种程度吗？"珍妮夫人立正了身子坐着，头稍稍往后仰着，清瘦的脸庞和周围的暮色融合到了一起。"我不会批评你的，我曾说过，你也不需要担心我，我这辈子也差不多要到尽头了，需要的东西也没什么了，黑人们可以照顾好我，你不用担心我，清楚吧?"

娜西萨并没有吭声，但是也没有动，静静地等着她说完。声音似乎不是来自那昏黄的光线下她们两个模糊的面孔，也不是来自她们的口中。"但是，你提前要跟我说一下。"

"都是那些信导致的，您还记得十三年前那些信吗，贝尔德从前方回来前，我当时给您看了其中一封，您建议我说交给沙多里斯上校去处理，当时我没有同意，您觉得正派的女人不应该允许收到那种东西，不论她自己是多想要。"

"是的，我当时还说了最好是让大家都知道一个女人收到过那种东西，而不是允许男的偷偷地有那种想法却不受惩罚，在那之后，你跟我说已经把信烧掉了。"

"我撒了谎。"我没有烧掉，后来又收到了十封，因为我想到您当时对此事的看法，所以我没有对您说出真情。

老妇人回应道："这样啊。"

"对的，我把信都留起来了，以为可以把它藏得很好。"

"那你在那之后又看过并还经常拿出来读那些信吗?"

"我觉得自己可以把信藏得很好，您能想起来那件事吗？就是我和贝亚德结婚的那个晚上，我们城里的房子被盗，同时沙多里斯上校的银行会计偷钱逃跑后的事吗？第二天我发现信不见了，我猜出了是谁干的这件事。"

"嗯。"珍妮夫人仍旧保持着原样，她的头好像一件银色器皿。

"我的信就这样流传到其他地方去了，我急得不行。我的名字和读信时反复流下的泪痕都在信上面，想象着男人读到信时的样子，我真的不想活了。那段时间我还在和贝亚德度蜜月，我根本不能集中心思对待丈夫，仿佛我和世间所有的男人都一起睡觉了一样。我在十二年前生下鲍里以后，觉得没事了，也习惯了这个事实。鲍里保护着我，让我不再去想这些事，也不再被它们伤害，我幻想着那些信早就被销毁了或者不见了，可谁知十二年以后，那个犹太男人竟然来找我，你还记得他那天下午来吃晚饭的事吗？"

老妇人说："哦，我想起来了。"

"他在联邦调查局工作，是那里的特工，案子发生的那天，会计逃跑的时候弄丢了信，后来信就落在了特工手里，他们一直在追查抢银行的那个罪犯。这些年来，他没有丢掉这些信，还惦记着要破案。后来他找到了我，说是那个男人给我写了信，希望我能告诉他的去向。你应该还想得起来那个特工吧？您当时看着他的眼神有些奇怪，说着：'娜西萨，这个北方佬是谁？'"

"是的，我没有忘记。"

"十二年了，我的信一直在这个男人手里，他……"

老妇人追问道："在他手里？信在他手里吗？"

"没错，不过它现在在我这里，以后也不会再让别人得到。除了他自己，任何人都没有读过这封信，他并没有交给华盛顿。"她慢慢地呼吸着，继续说道："你应该清楚了吧，他既然知道了信的内容，就会把它交给联邦调查局相关部门，这是毋庸置疑的。我向他要这封信，他却说要把信交上去。我让他在孟菲斯决定一切，他问我理由，我只告诉他，我清楚他不会接受金钱，所以我只能找其他地方，一定要去孟菲斯，因为我尊重您和鲍里。男人都是这样的，管他们的观念如何，全都傻得不行。"她打着哈欠，看上去像是松了口气一样，呼吸也变得均匀起来。打过哈欠之后，她重新看向那一动不动，慢慢变暗的银色头发，又说："您应该清楚了吧，我只能那样做，那封信是我的，我一定要拿回来。这样做是我最后的办法，我不能看着有人为它付出任何代价。所以我拿回了这些信，烧了它们，以后也没有人知道了。他肯定不会再提起信的内容，否则就是自毁，如果他真说出来，那调查局肯定会抓住他并把他关起来的。"

老妇人说："也就是说，你带着乔尼回家，就像在密西西比州偏僻乡间的约旦河中坐着一样，是吗？"

"你不明白吗，我是一定要把信拿回来的。"

老妇人挺直地坐在轮椅里，声音严厉，带着命令式的口吻："是的，这群又蠢又笨又可怜的女人，乔尼！"

年轻女人问："您想要什么呢？"

老妇人说："去把乔尼叫来，让他把帽子给我拿来。"

年轻女人立刻说道："我去拿吧。"

"不行，让乔尼去拿。"

年轻女人低着头看向这位老妇人，只见她坐在轮椅中，满头银发如掉了色的银色王冠一般。女人离开了这里，老妇人却一动不动，一直坐在暮色之中。过了一会儿，男孩捧着一个黑色女帽走了进来，那顶帽子款式很老，小巧精致。每每老妇人不开心的时候，他们就会取来这顶帽子给她，她便坐在窗前，将这顶帽子戴在头上。暮色降临，老妇人的身影融入这片黑暗之中，只有那银色的头发格外清晰。男孩把帽子递给老妇人，他的妈妈在一旁问道："你想打开灯吗?"

老妇人戴上那顶帽子，说道："我想休息一会儿，你们去吃饭吧，都走吧。"老妇人一个人坐在轮椅中，一旁的窗户上里镶嵌着卡罗莱娜的彩色玻璃，玻璃窗下面则是她挺直瘦弱的身影，那满头银发在黑暗中忽隐忽现。

四

八年来，男孩每次就餐都坐在已故祖父的那个位置上，直到今晚，他的妈妈让他换了座位。她对他说："你坐到我旁边来吧，今天就我们两个人吃饭。"

男孩没有动，看起来很犹豫，妈妈继续对他说："昨晚在孟菲斯，我因为你没有在身边很孤独，你难道不想念我吗?为什么不坐到我身边呢?"

男孩说："我昨晚很高兴，是和珍妮姑婆一起睡觉的。"

"可以到我旁边坐吗?"

他只好坐在她旁边的椅子上,说道:"好吧。"

她把椅子向自己拉近了一些,身体向他靠过去,拉着他的手对他说:"离我近一些,我们以后不会再分开了,是吧?"

"什么意思?不坐在小河里了?"

"不再分开了。"

"我昨晚过得很愉快,没觉得寂寞。"

"鲍里,别拒绝我,别拒绝我。"她娘家的姓是本鲍,而他的名字就是这个。

"好吧。"

艾塞姆穿着帆布衣裳,在开饭之后就回到了厨房。

埃尔诺拉问道:"她今天不吃晚饭了嘛?"

艾塞姆说道:"她说了不想吃饭,正在窗前坐着呢,坐在黑暗的房间里。"

埃尔诺拉看向萨迪，问道："她们刚刚在做什么，就是你去书房那会儿。"

"我去告诉开饭的时候，她在和娜西萨小姐聊天，一直在谈话呢。"

"我已经对你说过了。"

埃尔诺拉说："我知道。"她的声音冰冷，带着命令的口吻，语调平常地又问："你知道她们在说什么吗？"

"我当然不清楚啊，你告诉我不能偷听别人聊天。"

埃尔诺拉目光严肃地盯着他，继续用命令式的口吻问道："艾塞姆，告诉我她们究竟在聊什么？"

"她们就说什么谁要结婚了，珍妮小姐说我不会怪罪你的，我早就和你说过，你们这些年轻人应该结婚了，不能像我一样。就是这些，没别的了。"

萨迪说："我觉得她也应该结婚了。"

埃尔诺拉问："她为什么要结婚？这里得到的好处她都不要了吗？上周究竟发生了什么事，她……"声音戛然而止。

年轻女人的声音从餐厅那面传来，埃尔诺拉转头看向那里，又像是在听其他声音，她站起来走出了厨房。她迈开脚步轻轻地离开了，虽然脚步稳健，却像是被推下舞台失去了生命的人像一样。

她悄无声息地穿过黑漆漆的大厅，从餐厅门前走过，看见餐桌的旁边坐着两个人。他们两个人距离很近，女人靠向男孩，正在讲着什么。埃尔诺拉一言不发地从那里走了过去，餐厅中的那两个影子重叠起来。她的眼球有些苍白，那明亮的面容从那重叠的影子上面掠过。她忽然停了下来，在距离书房门还有一定距离的地方停了下来。她像是融入了这片黑暗之中，没有任何声响，也没有任何形态，除了那双眼睛微微发亮。她忽然发出又低又沉的声音："啊，上帝，啊，上帝。"接着，她步伐焦急地走向书房，向里面看去，只见那位老妇人一动不动地坐在黑色的窗口前，满头白发散发出浅淡的光芒。她那挺直瘦弱的身体已经开始衰败，九十多年的岁月已经停止，可在最后残留的时光中，她的头发在这一刻发出幽暗的光芒。埃尔诺拉看了看房间，这才转身向餐厅走去，脚步无声且又飞快。餐厅中的两个人并没有注意到埃尔诺拉，那个女人依旧靠向男孩讲着什么。埃尔诺拉高大的身影出现在门前，她的眼神有些分散，垂下双手，面无表情地冷声命令道："你最好快点过来。"

沃许

　　母亲抱着她的孩子躺在草垫床上，塞德潘静静地站在他
们的身旁。清晨的缕缕阳光从皱巴巴的墙板缝隙中照射进来，
仿佛是用铅笔勾勒出来的一样，一部分从他岔开的双腿中穿
过，在母亲纹丝不动的身体上洒下光芒。母亲躺在那里，阴
郁又深邃的眼睛紧紧地盯着他。她的孩子被包在了一个外面
发黑但里面干净的布片中，一个黑人老太太蹲在他们身后。
破旧的壁炉旁，壁炉中的烟正缓缓地向外飘着。

　　"米莉，好可惜啊，昨夜刚接生出来的是一匹公马，否则
我就可以给你一个不错的马棚了。"

床上的姑娘仍旧保持着原样，面无表情地看着他，她的脸因为刚才临产的阵痛仍然苍白，瘦骨嶙峋。塞德潘换了个位置，阳光便直接照在他的脸上，勾勒出一个六十岁男人的脸，他对黑人老太太说："格力赛达早上已经生下了小驹。"

黑人老婆婆问："生下来的是公是母?"

"听着呱呱的叫声，应该是一匹小公马。"他用拿鞭子的手指了下草垫。

"但我认为是个母的。"

塞德潘回应道："这样一直呱呱叫的小驹子让我想起了六一年的老罗布·罗伊，它们简直一模一样，我当时骑着他去北方，你对这件事还有印象吗?"

"老爷，我记得那时候的事儿呢。"

塞德潘并不知道女孩是否还在一直看着他。他只是回头看了一眼草垫，然后用拿着鞭子的手指了下她们，"尽量想办法帮助她们，看看他们需要什么。"说完后，他走了出去，门早已经破烂摇晃，他走下台阶，到了茂密的野草中（三个月前，他借来割野草的镰刀还靠着门廊的拐角放在那里，镰刀已经生锈）。他的马也正在那里等着他，沃许则手握着上校马儿的缰绳站在那里。

　　沃许总是告诉别人："当年打仗的时候他没有一起去，全都是我来照顾这一切，他的家人和黑人奴仆们。"等等，尽管有时候周围的人不曾问起他这些。沃许是一个瘦弱的人，而且之前还留下了疟疾病根，淡色的眼睛似乎给人感觉总是在探寻着别人的心思。从外表看，他大约三十五岁左右。尽管他总是答复别人说他不仅有个女儿而且还有个外孙女，但很明显，大家知道他是在骗人。留在当地从十八岁到五十岁的人虽然寥寥无几，但大家都很清楚，只有少数人会相信他的这种说法。这些人觉得他还有一点脑子，不会在塞德潘太太或者奴隶面前去说这些，也许只是太懒惰、太不中用了。因为他也知道，他和塞德潘种植园唯一的一点关系就是钓鱼用的屋子。那还是许多年前，塞德潘单身的时候搭起来，后来上校曾允许他在自己的地界里，占用这个河谷沼泽地上本已摇摇晃晃的屋子。而从那以后，那房子因为荒废已久，现在看上去濒临坍塌，像是一个苍老的病兽，在垂死的挣扎中去那里喝水，样子怪吓人的。

　　塞德潘的奴隶们每次听到沃许说这些就会忍不住大笑，他们在背后叫他穷白鬼。他们会成群结队地经过沼泽地和老钓鱼营地，走过那条清晰的路当面来问他："当时你怎么不去打仗，白人？"

　　每次被他们问到这个的时候，他都会环顾着这一圈隐含着嘲弄的黑脸、白脸、白牙。"我得养家，别挡我的路！"

　　他们哄笑起来并学他："黑鬼？""管我们叫黑鬼，你以为你是谁呀？"

　　"就是啊，如果我不在这里，我可雇不起黑鬼来我家里伺候。"

　　那种地方彼得潘上校怎么也不会让我们住在那里的，除了那个破棚子，你还有什么其他的吗？

　　他偶尔会因为这个和他们对骂起来，有的时候也会从地上抄起一根棍子扑向他们，他们便马上就四处乱逃了。可是这些黑脸围聚在一起嘲弄他的画面时刻萦绕在眼前，挥之不去，他虽然又气又恼，追着他们累得直喘，但是还是无济于事。这样的事发生了很多次，一次就发生在那个人房子的后院里。那时候，从田纳西山里和维克斯伯格传来坏消息说：谢尔曼到达这个种植园之后，很多黑人都跟着他离开了。赛德潘太太告诉他，他可以到后院的棚架里去摘上一些葡萄，虽然盟军将种植园里绝大多数的东西都拿走了。不过却被一个黑人女仆难住了，她留下来没走。她倒退着走到厨房的台阶上，转身对他说："白人，你就站在那里吧，不要过来，上校以前不允许你走上这些台阶，现在也是。"

事情确实是这样，她的说辞中隐含着一丝优越感。尽管他从内心里确信只要他走进这个大房子，上校肯定会允许并接待他的，但是他转念一想，他也不会让上校骂他"黑鬼"之类的话，就更不想让这些黑人禁止他去这里那里的，所以他才没有进去。偶尔在周末的时候，上校没人陪，他也曾和上校度过了许多个下午。但或许他心里也清楚，这种情况可能是因为塞德潘确实没什么事，并且一个人无法度过寂寞的时光，所以才和他整个下午都待在那个葡萄棚下。

塞德潘在吊床上躺着，沃许靠着柱子坐在那里，他们把一桶水放在中间，一同喝着一罐子里的水。以前，他经常能瞧见他坐在那匹黑色种马上的美丽身姿，他骑着马在种植园里飞快地奔跑。这个人和他同年同月同日生，可因为沃许已经当上了爷爷，可塞德潘的孩子还在上学，所以两个人并没有注意到。每次看到这个人在马上驰骋的模样，沃许总会有种骄傲平静的感觉。他经常会这样想，黑人就是《圣经》里写的那些被创造出来遭天谴的种群，有畜类和白人的奴仆，但实际上呢，这些黑人却比他和他的家人强，包括衣裳和房子，每样都比他们好很多。他觉得自己像是活在一起黑色的嘲笑声中，他所处的世界不过是一个梦境，是他的幻觉。而他的偶像，那个在黑色纯种马上驰骋的人，却是活在另一个世界的。他想起来经书里说过这样的一段话，上帝按照他自己的形象创造出男人，因而，所有的男人几乎都是同一副模样。所以他才觉得自己也是这样的，同样的骄傲与优雅。如果上帝真的落入凡尘，相信他也会用同样的姿态骑着马驰骋的。

一八六五年战争结束的时候，塞德潘从战场上打了败仗回来，给人感觉他一下子老了十岁，那一年的冬天他的妻子也去世了，他的儿子也不幸在战争死掉了，他带着李将军亲手颁发的英勇奖状，骑在那匹黑色种马上，回到了一个被毁掉的种植园。沃许在塞德潘外出的打仗的时间里，会时常送一点东西给他的女儿供其勉强过活，而塞德潘早就住在了这个在十五年前被获准进入破烂不堪钓鱼小窝棚里。沃许站在那里迎接着他，看不出来有什么变化，还是很瘦弱的，浅色的目光中仍然充满了某种疑惑，很没有自信，有点奴性的同时又有一些热络。他问到："那些人尽管杀掉了我们的人，但是我们并没有被打垮，我没说错吧？"

今后五年他们之间的主要话题就是这个，但是情况和以前的葡萄棚不一样了，塞德潘想办法在大路旁边开了家小铺，这是一间有着许多格子的货铺的房子，他和沃许在铺子后面从一个石头罐子中喝着劣等的威士忌。沃许现在兼管着收钱和看门，在这里主要把煤油、食品、包装的漂亮糖果以及廉价的珠子等这类东西卖给黑人以及像他一样的贫穷白人。这些人有的是走着来的，有的是骑着匹瘦骡子，为这点零钱和塞德潘计较，不过他们并不知道，这个人曾经纵横驰骋在战场上带领过队伍作战。让人好奇的是这个黑种马它还活着，现在它住的棚子比主人的房子都修得好。直到塞德潘发起火来把这些人都轰出去，从里面关上门锁好。锁上门之后，他就和沃许去铺子后面的酒罐子那里去。但是现在他们的谈话和一年前不一样了，过去塞德潘总是躺在吊床上，发表着目空一切的言论，虽然也只是他自己在那独白，沃许只是靠着柱子蹲着，一边听一边笑得不行。现在是他俩全都坐着，塞德潘坐在原来那把唯一的椅子，沃许则是随便坐在箱子或小桶上，但这只能保持很短的时间，因为很快塞德潘就会站起身来，摇摇晃晃地东冲西撞，宣布他要拿起手枪，骑上他的战马，一个人单枪匹马地去华盛顿杀死林肯，还有和尔曼一起，他像疯狗一样怒吼道："我要枪毙你们，你们这群狗！"

　　沃许一边拉住正在倒下去的塞德潘，一边说"好的，上校，好的，上校"，然后会在路边截住一辆路过的大车，把塞德潘送回家去。当没有车的时候，他就会走上一英里的路，到最近的人家去借一辆车把他送回到大房子里。塞德潘已经醉了很久，随便一辆什么样的车都可以把它送回去，沃许连哄带骗地拉着他往前走，这个时候他就像是一匹黑种马。到家的时候他的女儿会迎出来给他们开门。沃许心中满载负担走进这个曾经是白色的正门，上面的扇形窗上镶嵌着玻璃，每一块都是从欧洲运来的，现在在已经缺了一块的地方钉上了木板，他扶着塞德潘走过早已被磨光的厚绒地毯，走上原来堂皇的大楼梯。接着他们走进了卧室，这时候该是黄昏了，他轻轻地把他扶到床上，然后服侍他脱掉衣服。然后静静地坐在床板的椅子上。过不了一会，他的女儿就会来到门口，沃许给她说："放心把，我们在这挺好的，不用为我们操心。"

天慢慢地黑了起来，再过一会，沃许会躺在床边的地板上，但却不是为了睡觉，因为可能过不多久，有的时候接近半夜，床上的塞德潘就会哼哼地喊着："沃许……沃许。"

"我就在这儿呢，睡吧，上校，咱们并没有垮掉，您还能和我再干一场呢。"

然后那个时候，他在床上看到了自己外孙女腰卜系的缎带，外孙女今年已经十五岁，很早熟。他知道这缎带从哪儿来。三年了，他几乎每天都能看到和它一样的东西，即使她从来没撒谎过这个东西的来历，可是她貌似一下子就变得很大胆了，样子看着有点阴沉，他说："要是上校愿意给你的话，我倒很希望你能记得去谢谢他。"

甚至当他看见那件衣服，看着她神秘，又有些被吓到的脸，听着她说是塞德潘的女儿帮她做的，那个时候，他的心还是很平静。不过当天下午店铺快要关门的时候，他跟着上校的后边，神情却尤为严肃。

塞德潘吩咐他说："去拿罐子。"

沃许回应说："先不拿，稍等一下。"

塞德潘并没有说那件缎带有什么问题，可是沃许面对着他冷峻的目光，平静地说："你我相识已经二十多年了，您知道你让我干什么，我从来没有反驳过。我也是个快六十岁的人了，而她这个丫头才不过十五岁。"

"你是说我这样和你一样老的人会对不住一个十五岁的丫头?"

"我可以说别人和我一样老，但唯独不能说您，不论老或不老，我都不会允许她从您那收下那件缎带的衣服或者其他的任何东西，但是，您是不同的。"

"有什么不一样，你的意思是因为你怕我吗?"沃许始终用饱含探寻的眼神望着他。

　　沃许收回略带探寻的眼神，用宁静和安详的语气回答道："我并不是因为害怕您，只是因为在我看来，您是勇敢的代表，但这不是说您是在这辈子的哪个时间是一个勇敢的人，而需要从李将军拿回来的那张文书去证明，在我看来，您活着，就连普通的呼吸都和常人不一样，您的勇敢萦绕着您，不论您做什么事情，因为有这种勇气，都会处理好的。"

　　这次却是塞德潘把眼光主动转开了，目光粗暴又突然，他喝道："快去拿罐子。"

　　"好的，上校，沃许很快就到了。"

　　从那以后两年的这个星期日清晨，他每次看到那个黑人接生婆从这扇破落的门前穿过时，他的内心既关心又平静，他的外孙女正躺在那里又哭又叫。他心里很清楚，外边的人一直都怎么说，因为这一带的住在房子的无论黑人和白人以及闲逛的白人都在静静地看着他们，塞德潘、他以及他的外孙女。外孙女肚子越来越明显，有些无所畏惧却又挑衅胆怯，他们这三个人就像在舞台上演话剧的演员一样。沃许想着"我知道你们私下在嘀咕着什么，我差不多能听到你们嘀咕的内容。沃许用了二十年的时间，终于靠这个能把老塞德潘给套住了。"

　　天还要过一会才亮，外孙女像被钟支配的声音不断从凸凹的门框中昏暗的灯光中传来。这时候他的思绪在茫然前行着，缓慢地摸索着，但是又不知道怎么就和奔马的蹄声融为一体，而在奔跑之中是一个身姿矫健的男人突然飞驰向前。突然，他的思绪犹如瀑布一样倾泻而下，十分清楚，这并不是一种辩白，甚至也不是解释，而是一种高高在上不能被凡人触摸和明白的东西，这比那些杀死他妻子、儿子，夺走他身边黑奴等一切的北方人要高大和伟岸。这种像《圣经》中所描述的对他的逼迫还要高大。

　　我和一起住了二十年，离着这么近，怎么竟然就一点没有因为他的影响而改变或者进步呢，也许是他太伟大了，也许是我从未骑着骏马飞驰过。但是只是我还拉着拽着过他，我还可以在他醉的时候和他干上一阵，只要他愿意告诉我答案，他叫我做什么都行。

　　天亮了，感觉突然之间他能够看到站在房门里的那个黑女人在望着他，几乎同一时刻，他感觉到外孙女已经不在叫喊了。黑女人告诉他："孩子已经生下来了，是个女孩，只要你愿意，可以去告诉塞德潘了。"然后便又走了进去。

　　他重复着自言自语道："女孩儿啊。"他感到很惊奇，仿佛那骑在马背上飞驰的高大身影又浮现在他面前，这身影记载着岁月和时间的变迁，奔向崇山峻岭之间，一边头顶挥舞着军刀，一边裹着被枪弹洞穿的军旗迎着烈烈飘动，在满是硫磺黄色的天空的映衬下，奔突而下，这个时候，沃许平生第一次认识到，也许塞德潘和他一样也只是一个老人，他惊奇地想："得了一个女孩。"仿佛又带着孩子般的惊喜。"先生，是啊，得到了一个女孩。但是无论如何，命里要么注定我该当太公，否则我也就是一条狗。"

他笨拙地踮起脚尖，走进房子里，好像这个刚刚出生的在晨光中啼哭的婴儿夺走了他的家，而他并不住在这里一样，即便这是他的亲生孩子。他尽快俯下身去想看看她，可还是看不清楚，只能大致看到外孙女困倦乏力的那张脸。壁炉前的黑女人对他说："天已经亮了，如果你愿意就去告诉他吧。"

其实近三个月以来，以前那把用来割杂草的镰刀一直就立在那里，沃许根本就没有必要去通知他，因为还没等他走过廊角，塞德潘已经骑着黑种马自己来了。沃许并没有想清楚他是如何得到昨晚的消息的，也许他今天这么早过来是因为这件事情。待他下马的时候沃许表情呆滞地接过缰绳，干瘦的脸上挂着一种骄傲的胜利感地说："上校，昨天夜里生下的是个女孩，如果您不和我一样老，我就是一条狗——"塞德潘走进屋子里的时候他还在这样说。沃许手握着缰绳，听着塞德潘走向草垫床，他似乎听到了塞德潘说了什么话，他的身体突然间凝住了。

在密西西比的这个纬度下，太阳会迅速的爬升起来，沃许感觉自己似乎站在一个生疏的天穹之下，周围全是一片空旷的陌生，然而这一切却不是梦中所熟悉的那样，就像是那种在梦中梦想盼到高峰时却突然跌落下来的感觉。他仍然让自己平静下来："不可能，我以为我可以听到他们的谈话，但不是真的，我知道的。"然而，那个他已然很熟悉的声音仍然在对那个黑婆婆继续说着："我以为今晨生下了小马驹，我今天特意早起就是想看看这个。""真的是这样，他今天这么早过来既不是为了我，也不是我的人，更不是为他的人。"

塞德潘从屋里出来了，他走下台阶要到草地这边过来了，动作是那么的沉重却又从容不迫，而不是他年轻时候的仓促和急迫，他并没有正眼去看沃许，"蒂茜留下来去照看她，你最好……"说着好像看到了沃许，看着他，他的话也停了下来，"怎么？"

沃许用干巴巴的像鸭子一样的声音，询问道："您是刚才说到，如果她是一匹母马，就会给她分一个马棚吗？"那声音小得连他自己都听不见。

塞德潘一时有些被惊到了："怎么？"他的眼睛变得很大，

像拳头一样松开又攥紧，沃许继续向他走进，仍然是谦恭地弯着腰。他突然愣住了，看着这个他并不了解的人继续向他靠近。他并没有动，眼睛眯起又睁大，突然间挺直了身体严厉地喝道："给我滚开，不许碰我。"

沃许仍然用往常那种平静、温和的声音说着："我就是想要碰您一下呢，上校。"他边说边继续向前走。

塞德潘抬起了手中的那根皮鞭，这时黑婆婆还在从破烂不堪的门中向外望着他们，她的畸形的脸加上黑色远远看去像是一个鬼怪。塞德潘喝道："给我滚开。"接着开始动手了，那个黑婆婆像个轻巧的山羊，从屋子里一溜烟地跑开了。塞德潘愤怒地用大鞭子抽到沃许的脸上，把他抽得跪在地上。当沃许爬起身想再往前走的时候，他手里握着三个月前那把割草的镰刀，他以后再也用不着它了。

沃许重回屋子的时候，外孙女在草垫床上动了一下，愤怒地喊了他的名字："什么事啊。"

"什么什么事啊，亲爱的?"

"外边听着吵吵闹闹的。"

他跪在她旁边，用笨拙的手摸了摸她滚烫的额头，轻轻地回答她说："外面什么事都没有，你想要吃点什么吗?"

    沃许继续哄着她，"没事拉，没事拉。"他硬挺地站起身来，去拿来了一舀水来扶起她喝，喝完又扶着她躺到床上，望着她面前表情的脸几乎和石头一样转了过去。过了不大一会儿，他看到她在偷偷地流泪。于是安慰她道："现在都过去拉，不要哭了，都好啦，那个蒂茜说她是个挺好的小丫头呢，要是我，我就不会哭了，以后一起会好的。"

    然而这些话并没起什么作用，她还是在那里抹着眼泪，他几乎阴沉着脸站了起来，在草垫床旁心中不安地站了一会儿，和之前她的女人和后来她的女儿一样的想着："女人真是猜不透，她们都想要孩子，可是呢，要了孩子还是要这么哭，真是猜不懂她们。"然后他拉到了旁边的一把椅子坐下了。

    他坐着那个窗口整整一个上午，外面的天气还不错，天空明亮，阳光非常足。过不了多久会站起来踮着脚尖走到草垫床那边去。外孙女面带抑郁、疲倦的脸色现在已经睡着了，小婴儿躺在她的臂弯中。之后，他重新回到椅子那里坐下。他心里纳闷地想着："怎么他们耽误了这么久呢，才想起来了今天是星期天。"下午的时光过了一半，他正在那里坐着的时候，一个半大不小的白人小孩在屋角那里碰上了死尸，抽了口冷气地大喊了一声，他看了看站在窗口的沃许，瞬间好像被催眠的了一样，之后便立刻转身逃开了。沃许站起身又踮着脚来到外孙女旁。

外孙女这个时候已经醒了，可能是在被那个白人孩子给喊醒了。"外孙女，你饿吗?"她并没有回答，把脸背了过去。他去壁炉里生起了火，把前一天带到家里来的肥脊肉和冰冷的苞米面和到一起，又加了一些水，然后扔到那个破咖啡壶里煮了起来。可是等他做好端过来的时候，外孙女却不想吃，于是他自己静静地吃起来了，吃完了把盘子放在那里没有收，又重新回到了窗口。

这个时候他突然好像意识到了，他们那些让人觉得怪异、恶贯满盈的人带着马、枪还有狗在那集合，还有和塞德潘一类的人聚在那里。在沃许还不准越过葡萄棚离房子更近的时候，也就是这些人聚在塞德潘饭桌上的人，给年轻的做出了怎么打仗的榜样，他们或者骑着高马，拿着从将军那里签发的奖励纸片，被说成是 流的英雄，被曾经认为赞誉和希望的象征傲慢地走过庄园，正是造成战败的主要原因。

他觉得那些人会因为他会逃离这里，远离开他们这种人，然而他能逃到哪里去呢，因为在他看来，逃到外面万一还不如现在的地方呢，而且到处都是这种人，逃离这里也只是远离这些显得高大却内心邪恶的人到另外一群这样的家伙身边，他知道，全天下都是这样的人，而且他年纪也大了，实在是太老了，就算是逃离，也走不了多远，而且就算他竭尽全力去跑，不论跑上多远，还是离不开这样的人，一个六十岁的人怎么能跑出这些人所居住的世界呢，跑出这个有这些人给他们立规矩的世界呢。这五年的时间，他这时第一次觉得自己真的明白了，北方军队或者任何一个什么军队，都可以打垮这群外表上看着英俊、骄傲、勇敢的公认是被从人群中挑选出来的人组成的军队，或许，沃许和他们上过战场的话，可能会早一些看明白这点。不过现在他已经把他们看穿了，可是以后的日子怎么过下去呢，仅仅依靠脑海中的回忆过日子可以吗？他自己可以受得了吗？

天马上就要黑了，婴儿刚还在哭，他走回到草垫床边，看见外孙女正在给婴儿喂奶，还是那样低沉着脸，让人看不懂在想什么。

"你肚子填些东西吧？"

"我还是什么也吃不下。"

"你还是补充一点食物吧。"

这样重复单调的对话没有任何意义，她直接低头看着孩子，索性不予回应了。于是他只能重返椅子那里。这时候天已经慢慢黑下来了，他感觉到离那群怪异、恶贯满盈的人很近，貌似能听到他们在议论他什么，他按捺着心中的怒火。"沃许在这件事上到底还是赔了，自以为在通过外孙女把塞德潘给你套住了，以为他要不娶了那个丫头，或者就得给钱，可是让人意外的是，塞德潘这两条路都没走，可是他从来都没有这么指望过啊。"突然间他好像被自己的声音惊醒，连忙转过头来看见外孙女正盯着他。

外孙女问道："你是在和谁说话啊？"

"我只是在想事情，嘴上禁不住地吐了出来。"

外孙女的脸又低沉了下去，昏黄的阳光已经揉成了一团影子，仿佛谁也无法看清对方。沃许仍然继续说着："从我的角度来看，你应该弄出点声动静来，比如大喊大叫什么的，得让他能在他的房子那边听得见你的叫声啊，我原本还计划着，你得让他做一点什么事情或者给一些承诺什么的，光来看看怎么行。"

外孙女并没有回应他，屋里的气氛瞬间凝固了。于是沃许安慰外孙女说："没事的，放心把，下面的事还有我。"沃许控制不住自己继续往下想着与塞德潘的对话："上校，您要知道我从来没有向任何人有过什么请求，也从未指望过去求别人，可是您应该知道我心里想的是什么，我觉得根本就不用把这些话直接跟您挑明了说。我从不质疑任何像您这样勇敢的人，更别说这个人手上拿着将军颁发的奖状。要是那年打完仗的时候，你们都没有回来也就好了，也许你我之间也不会在这个世界上继续苟活下去，可是事实却不是这样，我真是不愿意看到另外一个这样的生命诞生下来，却又被残忍抛弃掉，就像是把一个玉米棒子硬是从穗上掰下来晒干后却扔到火力去烧掉。"

然而这个时候，他的思绪却被打断了，远处仿佛传来马蹄的声音，由远及近而来，现在能看清楚了，似乎是一个提着夜灯的人影在晃动，旁边还夹杂着在灯光照耀下闪闪发光的枪。沃许仍然站在那里并没有往那边去。天已经很黑了，这些声音越来越多，越来越近，貌似这群人包围了这所房子，小树丛那边传来了沙沙的声响并夹杂着他们的说话声音。那个灯晃来晃去的最后停在荒野上那个死尸的身上了，在灯光的映照下，那些马匹高大威猛，一个背着枪的男人从马上跳了下来，弯下身看了看那具死尸，然后面对这房子喊了声："沃许！"

沃许从房子的窗口那很沉静地回应了一声，"我在这儿啊，是您吗？上校？"

"过来。"

"等等，我先和我的外孙女打声招呼，这就过来。"

"点盏灯吧，这周围黑得什么都看不清。"

"稍等我一下啊。"声音仿佛缩回到了屋里。那群人只听见对面的窝棚里有人回应，但却见不到人。沃许迅速走到烟囱的边上，要知道那里有一把屠夫曾经用过的刀，这把刀在他的房子里由于非常锋利，在那个烂糟糟的环境下俨然成了宝贝，他的身体慢慢地靠近外孙女，似乎外孙女也被外面的声音喊醒了。

"外公，照亮一下，看看外面是不是有人啊?"

"外孙女，没事，不用去点灯，会很快的。"他一边说一边循着声音的方向挪去。在黑暗中问道："外孙女，你在哪儿啊?应我一下啊?"

外孙女有点不耐烦了，"我这不就在你附近呢嘛，还能在哪儿，去点盏灯吧。"黑暗中，他似乎摸到了她的脸，"这都是什么啊，外公，你碰到我了。"

外面的警察局局长仍然大声朝这边喊着："沃许，从里边给我出来。"沃许应了声:"等等啊,少校,我这就出来。"沃许摸黑慢慢地挪向煤油桶,桶里是满满的煤油,要知道这是他大约两天前才在店里灌满的,整桶大约五加仑,对他来说实在是太重了,除了煤油桶,炉子的火还没有灭,这个破烂不堪的房子也很容易点着火。突然之间煤油、壁炉中的火,加上房子的墙轰然一声,火光冲天,在这火光下,外面那群人看到了沃许,见他正在疯狂的高举那把破刀向他们这边迅速地跑了过来,火实在是太大了,照亮了这一片夜空,他们赶紧转过身,背对着火光,他那干瘦的影子仍然在疯狂地往这边跑来。

　　警察局局长大喊:"沃许,你给我站住,再往这边来,我真的开枪了!"沃许并没有理他,仍然在火光的映衬下快速向他们跑来,只见一个干而瘦的身影高举着着手中的镰刀挥向了这些马的眼睛,还有晃动着的枪筒,没有呼喊,一切仍然是那样平静……